この星のソウル

黒川創

Sou Kurokawa

新潮社

この星のソウル

装画　荻原美里

I

その男は「中村直人」という名で、一九六一年の初夏、日本の京都に生まれた。ソ連の宇宙飛行士ユーリイ・ガガーリンが、宇宙船ボストーク1号に単身で搭乗し、人類で初めて大気圏外の地球周回軌道に乗って、この星をひとめぐりしてきた年である。

米国の西海岸では、レイ・ブラッドベリという中年の作家が、少年時代からの夢想の数々を束ねて『ウは宇宙船のウ』(*R is for Rocket*)という自選短篇集の構想を抱きはじめていた。

日本では、前年の日米安保闘争の終息を受けて登場した新首相が、「所得倍増計画」という掛け声を響かせて、初の東京オリンピック実現へと向かう。

韓国では、前年の四・一九学生革命で建国以来初めて樹立された民主的な政権が、わずか一年で、この年五月、朴正熙《パクチョンヒ》少将による軍事クーデタで崩れて、軍事独裁政権下の社会に移る。

カリブ海のキューバでは、「キューバ革命」の指導者フィデル・カストロが、この年、社会主義路線へと舵を切ることを宣言。北アフリカのアルジェリアでは、宗主国フランスに対する独立戦争が、おおむね勝利を収めつつあった。一方、冷戦下のヨーロッパのベルリンでは、だしぬけに東ドイツが「ベルリンの壁」を築きはじめる。米軍は、ネバダ核実験場にて、初の地下核実験「ヌガ作戦」を開始した。

ともかく、地球という星は、各地での騒ぎを載せ、自転と公転を続けていた。

白黒テレビの画面にうつる東京オリンピックの映像を、当時三歳だった中村直人は覚えている。

苦しげな表情で走ってくる長距離走者のバストショットを、真正面からカメラが捉える。この走者が、テレビのなかから、こちらの座敷に、いまにも飛び出てきそうで怖かった。きっと、長焦点の望遠レンズによる映像を見たのは、これが初めてだったからではなかろうか。

その年には、大東亜戦争とか太平洋戦争とか呼ばれた戦争が終わって一九年が過ぎていた。「戦争のころには――」といった言葉を、しばしば大人たちは口にした。だが、少年の目には、もはや、そうした「戦争」の時代の痕跡は見当たらず、はるか遠い昔の物語のように聞こえていた。

茶の間の白黒テレビは、じょじょにカラーテレビに買い換えられる。洗濯機は、手回しのローラーで絞って脱水する方式から、二槽式に、さらには全自動へと進化していく。台所には、合成洗剤。汲み取り便所から、水洗便所へ。テレビのニュースでは、森永ヒ素ミルク中毒、サリドマイド児、水俣病、イタイイタイ病、四日市ぜんそく、田子の浦のヘドロ……と、公害問題の報道が続く。

いずれにせよ、世間は「高度経済成長」の一本道。そして、この世代の子どもらは、メディア上では「現代っ子」と呼ばれていた。

それでも、手押し式で鋳物製の井戸ポンプが、家の裏手の水場や、公園の片隅などには、まだいくらか残っていた。鋳物の把手を両手で握り、全身の体重をかけて押し下げると、水口から、どっと水を吐き出す。

錆びた鉄の匂いが、手に残る。漠然と、これを「戦争」の残り香のように感じていた。

雨が降り出しそうな曇天の日に、外で遊ぼうと家を飛び出しかけると、父方の祖母は決まって背後から呼び止めた。

「傘を持って行きよし。雨に濡れたら、放射能で頭がハゲるさかい」

なぜ、祖母がそう言うのか、わからなかった。のちに高校、大学と進むにつれて、あれはきっと広島に投下された原爆が「黒い雨」を降らせたことをさしていたのだろう、と思い返した。

だが、それも違っていたらしいと気づくのは、社会に出て働きだしてからである。――一九五四年春、ミクロネシアのビキニ環礁で米国による核実験が行なわれ、日本のマグロ漁船・第五福竜丸の乗組員たちも被爆した。これについて調べてみると、同年三月一日の核実験のあと、同年五月、京都市で、当時の観測で最高値をなす放射能雨が観測される。中村直人がこの世に生まれてくるより、たった七年、先立つ年の事件である。どうやら祖母は、そのときの騒ぎを念頭に、孫に警告していたのだろう。第五福竜丸の無線長、久保山愛吉は、この年九月、放射能症により四〇歳で没する。彼は、自分の娘たちに「雨に濡れないように」と記した手紙も残しているという。

中村直人が、このことに気づくのは、一九八六年、ソ連ウクライナでチェルノブイリ原発事故が起こり、それを受けての騒々しさのなかでのことだった。放射性の雲《プルーム》は風に乗って北欧に運ばれ、野生の地衣類を食べるトナカイたちから高濃度のセシウムが検出されるようになって、毎年数万頭が殺処分されるという時期がしばらく続いた。祖母は、この事故の前年、脳内出血で倒れて、すでに世になかった。

中村直人が小学生のころ、京阪電車の京都側のターミナルは三条駅だった。朝、この駅のあたりを通りかかると、白いチョゴリ、墨紺のチマ、という制服姿の女生徒たちが、リボンを胸元になびかせて、改札口を出てくる。こんな年長の少女たちの姿に、胸がときめいた。いや、当時はチマ、チョゴリという言葉を知らず、彼女らが朝鮮学校の中高生であるということさえ、この少年はまだ知らなかった。

一〇歳のとき、両親が別居する。少年は、母親とともに、京都市の南郊、伏見の団地に転居し、その町で暮らしはじめる。中学、高校に進むと、朝鮮人の友人が増えた。彼らは、いずれも日本式の名前を名乗っていた。中学でいちばん親しくなった友人は、下鳥羽のはずれ、鴨川の河川敷に数軒集まるバラック長屋に住んでいた。そばに行政からの「勧告」を記す看板が立っていて、「この建造物は、公有地を不法に占拠して建てられており、ただちに退去することを求める」むねを告げていた。

友人の母は、すでに亡い。父は、年に幾度かしか、この家には戻ってこない。各地のパチンコ屋などを住み込みで渡り歩いて、働いているとのことだった。姉は結婚して、もう家を離れていた。兄が二人いる。彼らは中学卒業とともに働きはじめて、同じ土建屋の仕事に出ていた。日中、小柄な祖母が一人で家を守っている。朝鮮の訛りで、関西の言葉を話す人だった。

ここの長屋の近隣からも、朝や夕方、チマとチョゴリの制服で、朝鮮学校に通う女生徒の姿が見られた。長屋の家屋が取り囲む、狭い広場の隅にも、手押し井戸ポンプが錆を浮かせて残っていた。

不良少年同士でスラングとして用いる言葉には、あとで思えば、朝鮮語の単語が混じっていた。たばこは「タンベ」と言い、これは朝鮮語のままである。パンチパーマのヤンキーが、額に剃り込みを入れるのは「パッチキ」。これは、頭突きなどを意味する朝鮮語のパクチギ（박치기）から来たのではないか。「タンベ・ハナ・チュセヨ（たばこを一本くださいな）」と言う者もいた。これは朝鮮語だが、不良同士としては、妙に丁寧な物言いである。

河川敷の長屋に住む友人は、痩せて背が高く、中学一年のとき、すでに一八〇センチ以上の上背があった。小学生のうちから新聞配達のアルバイトを始めて、中一の夏休みにも続けていた。

日本の終戦記念日、八月一五日。韓国では、独立を祝う「光復節」と呼ばれて、この年も朴正熙大統領夫妻が列席する式典がソウルで行なわれた。その会場に文世光《ムンセグワン》という在日韓国人の青年が潜入し、壇上で演説する大統領を狙撃した。弾は外れ、大統領は演壇の陰に身を隠す。続けて発射された弾丸は、大統領夫人の陸英修《ユクヨンス》の側頭部を撃ち抜き、彼女は死亡する。さらに警護官から放たれた弾丸は、式典合唱隊の女子高校生ひとりの命をも奪った。

翌日、一九七四年八月一六日の早暁。日本の伏見の町はずれで、一人の少年が、この事件を第一面で大きく報じる新聞を配達する。彼は、第一面の「韓国大統領暗殺未遂／犯人は在日韓国人」との見出しに、足が震えだすほどの衝撃を受けていた。なぜ、これほど動揺しているのか、自分でも理由はわからない。

日ごろ、自身は「木村」という日本名で暮らしている。一三歳で、韓国の政情のことなど、考えてみたこともない。これについての知識もない。

「なんでやろ……」

バラック長屋の脇を流れる川べりで、彼がつぶやいていたのを覚えている。韓国人統領を狙撃したのは、大阪育ちの二二歳の青年だった。

この友人を訪ねるとき、堤防の上の道を自転車で走っていく。夜には、川面の上に月がかかることがあった。河原の草むらの暗がりに、野犬の群れが青白く目を光らせる。ひとつの星の上で、自分も、こうして小さな位置を占めている。

朝鮮人の友人たちは、中学卒業、あるいは高校卒業の時点で働きはじめる者が大半で、大学まで進もうとする者はほとんどいなかった。家計に恵まれない家庭が多かった。たとえ、そうでなくても、彼らは大学を卒業しても、就職上の進路がひどく限られていた。それならば、早くから社会に出て、自力で活路を開くしかない、と考えるのも当然のことであったろう。

だが、少数ながら、それでも大学に進もうとする若者たちはいる。さらに、親たちの「祖国」である韓国の大学に、留学することを考えるようになった在日二世、三世の韓国人たちもいた。だが、一九七四年夏の「文世光事件」は、予期せぬ厄災を彼らの身にも及ぼした。

韓国の朴正熙大統領による独裁政権は、北朝鮮の金日成《キムイルソン》政権との対抗の下に、強固な「反共」体制を国是とした。ところが、「文世光事件」によって、彼らは、日本という第三国が北朝鮮からの工作の舞台となることへの警戒心を増幅させる。

翌一九七五年晩秋、ソウル大学校などに留学中の在日韓国人学生たちによる「学園浸透スパイ団事件」なるものが、韓国当局によって大がかりに発表される。日本からの留学生およそ二〇名が、実は「北朝鮮のスパイ団」を組織していた、というのである。韓国社会で、在日韓国人は「在日僑胞《チェイルキョッポ》」と呼ばれる。だが、日ごろ「在日僑胞」についての具体的な知識は、彼らにはほとんどない。だから、日本を経由して「北」のスパイが入り込んできている、という政治的な筋書きは、相応の恐怖心を煽ることができたのではないか。いわれなく連行された在日韓国人の留学生たちには、拷問、そして、虚偽自白の強要が重ねられた。これにより、死刑判決を含む重刑が次つぎに下される。さらに、ほかにも、よく似た図式の事件が続いた。

いまから、ちょうど半世紀ほど前のことである。

Ⅱ

現在、二〇二四年になって、この「中村直人」という名を持つ男は、若かったころのことを思いだす。

田川律という変わった風体のおじさんがいた。ひげ面にメガネで短髪。いつもカラフルなシャツや帽子を身につけていた。

知り合ったのは、もう四〇年以上前、中村直人がまだ郷里の京都で大学に通っていたころ、アルバイトしていた学生街の喫茶店でのことだった。フォークシンガーたちのライブなども開く店だったので、東京住まいの田川さんも、しばしば顔を出した。音楽雑誌にレコード評を書いたり、舞台監督をしたり、音楽関係の書籍を翻訳したりしながら暮らしているようだった。

生まれは大阪。だから、やわらかな大阪弁、少ししわがれた声で、だはは、でへへ、と笑いながら、いつも冗談めいた軽口を言っている。たしか一九三五年生まれ。だから、いまになって思えば、田川さんは中村直人の父親くらいの世代である。だけど、そんなふうに意識したことはなかった。おじさんなのだが、「父親」っぽさからは遠かった。いまになって思えば、「家庭」というものから、わざと距離を取って生きようとした人だったのではないか。

田川さん自身は、父親を戦後早くに亡くした。母親が、女手だけで子ども四人を育ててくれたのだという。姉、自分、弟が二人。地元の大学を卒業して、そのまま大阪で小さな音楽事務所に就職。やがて、大阪労音という大きな音楽鑑賞団体に転職した。地域の労働組合などと提携しながら発展してきた団体だけに、資金が豊富で、さまざまな自主公演も組めて、やりがいがあった。だが、おのずとスター中心、人気先行の興行となっていく。それより、田川さんとしては、新しく登場してきたボブ・ディランのような、自分個人の考え、社会的な批評性も打ち出すアーティストたちの表現に、強く惹かれるようになっていく。一九七〇年代に、まもなく差しかかろうとしている時代である。そして、ついに退職、自身の居場所も東京に移す。同時に、これまでのドブネズミ色の背広姿も脱ぎ捨て、ヒッピーの風体に変身することにしたらしい。

あるとき、唐突に、中村直人に向かって、田川さんは話しだす。

「ぼくのじいさんは、朝鮮人で、画家やったそうなんや。おかあちゃんの父親が。明治時代に、朝鮮の開化派として日本に亡命してきて、書画を買《こ》うてもろたりしながら潜伏生活を送っとったらしい。ほんで、大阪のお寺に隠れ住んどるうちに、そこの娘とくっついて、やがて子どもが生まれた。それが、ぼくのおかあちゃん」

あれは、中村直人が京都の大学を卒業後、東京で働きはじめて間もないころで、だから、一九八〇年代なかばのことだった。

田川さんは、学生時代の中村直人が、ときどき韓国に出向いているのを知っていた。だからこそ、こんな話題を切りだしたのだろうと思うが、いきなり、ご当人のおじいさんが朝鮮からの亡命者だったのだ、という話に驚いた。

場所は、たしか、新宿御苑前駅近く、小劇場の関係者などが出入りする「韃靼」という木造りの店のカウンターだった。中村は、こうしてフリーランスのライター稼業を駆け出しで始めるころ、しばしば田川さんと落ちあい、取材相手などに取り持ってもらうことが多かった。

「——家族のこととか、ぼくはあんまり関心もないし、たいして知らんかった。けど、このごろ思いなおして、おかあちゃんにしつこう尋ねてみたら、そないな話やん。とくに北海道には、じいさんが描いた絵や書を持ったはる家がぽつぽつ残っとることもわかって、訪ねていって、見せてもろたこともある。韓国の親類にあたる人らとも連絡が取れた。これからは、ひまを見つけて、そないなことも調べておきたいと思てるねん」

あっけに取られ、このときは、そういう話をただ聞いていた。

やがて仕事が独り立ちするにつれ、東京という広い街では、田川さんと顔を合わせる機会も間遠になる。次に話題にするまで、一〇年くらい、あいだが空いたのではないか。

――おじいさんのこと、あれから、調べは進みましたか？

ひさしぶりに、中村のほうから訊くと、

「それなりに。けど、誤算もあったわ」

と、冴えない反応である。

「――朝鮮民族独立の闘士やったんとちゃうか、と、こっちは期待してたんよ。せやけど、どうも、あべこべになってきて。日清戦争のあと、閔妃《ミンビ》暗殺てあるやん？　日本の公使館員やら軍隊やらが、朝鮮の王妃さまを殺してしまう。あの事件で、王妃を殺しに行く日本人を王宮に案内するような役回りを、ぼくのじいさんがやりよったんとちゃうかと、疑惑があるねん」

情けなさそうな表情をわざとつくって、田川さんは、えへへ、と笑った。

田川さんの母方の祖父にあたるのは、黄鉄《ファンチョル》（一八六四～一九三〇）という人物で、現在では、かなり経歴も明らかになっている。

黄鉄は、鉱山や塩田を所有する裕福な士大夫の一族として、漢城（現在のソウル）の鍾路で生まれた。一〇代から写真術に取り組んだことで、朝鮮写真史の黎明期にその名を残しており、一八八〇年代には漢城市中で写真館も開いていた。書画にも、優れた腕前だった。片や、開化派とみなされたことから冷遇され、官位に上がれずにいた期間も長かった。

　一八九五年一〇月八日早暁。朝鮮の首都・漢城の王宮・景福宮《キョンボックン》に、日本軍守備隊、日本公使館職員および警官、日本人壮士、朝鮮訓練隊（日本の指導下に設立された朝鮮の軍隊）らが乱入し、第二六代国王・高宗《コジョン》の王妃・閔妃を惨殺するという未曾有の事件を起こす。乙未《いつび》事変、いわゆる「閔妃暗殺」の事件である。

　日清戦争後、遼東半島が、清国から日本に割譲される。だが、これによって日本が極東でさらに勢力圏を拡大させることを、ロシア、ドイツ、フランスは警戒し、「三国干渉」に乗り出す。その結果、日本は、遼東半島を清国に返還することを余儀なくされた。こうした経緯を通して、朝鮮王朝で外戚として勢力を張る閔氏一族は、ロシア寄りの路線を一気に強めていく。これに対抗しようとして、在朝鮮公使・三浦梧楼らは、王妃・閔妃の殺害を計画したものとされている。

　この事件で、日本側の一行には、実行隊の一員とされる禹《ウ》範善《ボムソン》（朝鮮訓練隊大隊長）ら、黄鉄の知己が確かに加わっていた。だが、黄鉄その人は、当時、京畿道抱川県監（郡守）として任地に滞在していた模様で、閔妃殺害の暴挙には加わっていない。それでも、翌年、開化派への攻撃が強まるなかで、黄鉄も、禹範善らと前後して、日本に逃れている。

禹範善は、後年（一九〇三年）、日本の呉にて、朝鮮の武人・高永根《コヨングン》らによって、「王妃を殺した無道」への復讐として殺害される。

一方、黄鉄自身は、一九〇六年、赦免令が下り、朝鮮国王（このときは大韓帝国皇帝）高宗の第五子である義《ウィ》親王とともに帰国するという、対照的な経緯をたどる。京城（現在のソウル）市中に事務室と写真室を設けて、義親王に書・画・写真術を教え、さらには、農商工部協弁（次官）などを歴任したという。

だが、黄鉄は、こののち、さらに新しい決断に迫られる。一九一〇年（明治四三）八月、いよいよ韓国併合が断行されて、朝鮮民族は自分たちの「国」を失う。これに際して、黄鉄は日本統治下の朝鮮でいっさいの官職に就くことを拒絶した上で、再度日本に渡っている。以後は終生、故国・朝鮮には戻らずに暮らした。

日本での黄鉄は、当初、大阪市内の光乗寺に身を寄せた。ここで寺の娘と懇意となり、結婚に至る。翌年、二人のあいだに生まれたのが、田川律さんの母上である（なお、黄鉄は、朝鮮に一〇代で結婚した妻があり、彼女とのあいだに男児二人がいた）。日本での黄鉄は、「山口鉄郎」とも名乗り、田川さんの母上は戸籍上も「山口」姓だった。

黄鉄は、一九三〇年、東京で、糖尿病のため病没している。享年六六歳。墓所は、朝鮮人志士の庇護者として知られる栃木・佐野の豪農、須永元《はじめ》の仲立ちで、暗殺された禹範善とともに、佐野の妙顕寺にある。須永も、閔妃暗殺当時、漢城の日本公使館周辺に滞在する日本人壮士の一人だった（乙未《いつび》事変には不参加）。こうした事柄も、田川さんにとっては、祖父・黄鉄が「売国奴」だったかもしれない、という懸念に結びついていたのではないか。

だが、黄鉄がたどった歩みの全貌を視野に入れれば、彼は「売国奴」ではなかった。むしろ、穏やかに志操を貫く朝鮮民族主義者、というところだろう。朝鮮に残した二人の男児は、日本による植民地統治下、さらに急進的な抗日運動家となった。彼らは、植民地とされた朝鮮を抜け出し、抗日運動の国外拠点とされる上海や、沿海州のウラジオストークで多くの歳月を過ごした。一度、この二人が日本に父・黄鉄を訪ねてきて、激しく口論していた様子を、田川さんの母上は覚えていたという。一方、彼らの腹違いの妹にあたる彼女自身は、父親の書画の腕前を引き継いで、絵の上手な少女になっていった。

この時代の朝鮮は、復讐、暗殺、虐殺が長きにわたって繰り返される社会だった。開化派によるクーデタ（甲申《こうしん》政変、一八八四年）を企てて失敗、日本に亡命していた金玉均《キムオッキュン》も、やがて、朝鮮の王室から送り込まれた刺客によって、上海に誘い出されて暗殺される。彼の遺骸は切り刻まれて、朝鮮各地の街頭に晒された。

日本で暮らす黄鉄も、安閑とした心地でいられたわけがない。就寝時、彼は必ず枕元にピストルを隠していた。

この一家が東京で暮らしているとき、やがて関東大震災が起こる。一九二三年（大正一二）九月、田川さんの母上が一二歳のときである。父の黄鉄は、何かの事情で、家族と離れて北海道に滞在していた。彼の書画が、北海道のあちこちに現存するのも、そうした事情によるのだろう。震災直後の自警団などによる朝鮮人迫害に、留守宅の母子らは（田川さんの母上の下に、妹が二人、弟が一人いた）不安をつのらせた。東京在住の知人が北海道の黄鉄に宛てた、こちらは物騒なのでなおしばらくは戻ってこないように、との書簡が残っているという。

一九七〇年代に入って、東京暮らしの田川さんは、大阪近郊の公団住宅で一人暮らしする母親を、東京でいっしょに暮らそうと何度も誘った。だが、彼女は「東京は地震があるやろ」と素っ気なく答えるばかりで、応じようとしなかった。あのときの母親の言葉には、少女時代に関東大震災で経験した恐怖と孤独感が染み付いていたのではないか……。田川さんが、それに思い至るまでには、さらにいくばくかの歳月が必要だった。

田川律さんは、二〇二三年一月、八七歳で亡くなった。関東大震災から、ちょうど百年となる年だった。晩年、祖父・黄鉄への関心は、すでに薄れていた。祖父が「売国奴」ではなかったと、はっきり認識するに至っていたのかどうかは、もはやわからない。

もう一人。こちらは、本当に閔妃暗殺の現場に居合わせた人物で、その孫にあたる人を中村直人は知っている。

古澤幸吉という二三歳の若者が、事件当時、公使・三浦梧楼の書生として、漢城の日本公使館に住み込んでいた。中村直人が知るのは、この人物の孫にあたる元編集者の女性である。新聞社の出版部に長年勤務し、退職後、祖父・古澤幸吉が残した多数の手記、書簡などの整理と刊行にあたろうと、彼女は考えた。ひと通りの原稿整理がついたところで、旧知の編集者である彼女から意見を求められ、これらの資料に中村は目を通した。

――古澤幸吉は、一八七二年、明治五年に、新潟県村上で下級士族の長男に生まれた人である。父は学校教員だった。当人も中学までは卒業したが、家計の事情から、さらに学問を続けるのは難しかった。そこで、父の発案により、幸吉が屯田兵の募集に応じることにして、一家で北海道に入植しようではないか、ということになった。屯田兵になれば、官費で札幌農学校に入れてやる、という募集官の甘言を信じたからだった。

屯田兵とは、日常は開拓民として農業に従事しながら、戦時は兵士としての動員に応じる、という兵制である。幸吉が検査を受けると、甲種合格となった。屯田兵は戸主たること、という規定があるので、父は隠居、まだ満一七歳で幸吉が戸主となる。その上で、祖父・父・母・幸吉・妹の一家五人で、一八九〇年（明治二三）初夏、北海道東部、厚岸《あっけし》の太田村に入植した。

密林の高地にある入植地で、粗末なバラック小屋をあてがわれ、開拓の暮らしが始まった。

立木を切り倒し、笹を刈り払う。作物は、小麦、ライ麦、蕎麦、大豆、小豆、馬鈴薯、野菜、麻など。札幌農学校行きの話は、所属の中隊長をつとめる老大尉に「屯田兵は開拓と国防が任務だ、そんな間違った考えではいかぬ」と、はねつけられた。やむなく自分たちで夜学会を起こして、英語や漢学を勉強した。片や、若者たちの向学心に好意を示してくれる、小野少尉(のち中尉)という人もいた。

日清戦争が始まり、一八九五年(明治二八)早春、屯田兵団にも動員がかかって、兵士たる幸吉は訓練のため東京に向かう。このとき、妹たみに房平という婿養子を迎えて、家督を譲っている。この機をとらえ、幸吉には東京で就学させてやりたいという一家の総意が働いていたからだろう。

幸吉らの屯田兵団は、東京の練兵場で連日の訓練を受けた。だが、戦地に赴かないうちに、戦争は終わる。小野中尉は幸吉を呼び出し、「君はかねて東京留学を念願としていたが、いまはどうか」と尋ねてくれた。幸吉は、希望はしていますが手立てを見出せずに苦しんでいます、と答えた。小野中尉は「ならば、おれが紹介してやるから、三浦閣下をお訪ねして、書生においていただくようお願いせよ」と、あらかじめ用意していた紹介状を手渡してくれた。三浦梧楼子爵は、予備役の陸軍中将だった。長州藩の奇兵隊出身者として、ある種の声望を保っており、「三浦将軍」などと、やや古風な敬称で呼ばれもする人物である。一中尉の紹介で面会ができるのだろうか、ともあやぶんだが、訪ねていくと部屋に通され、じきじきに「かまわぬ、置いてやる」と答えてくれた。いったん、家族たちが待つ北海道の村に戻り、五月には東京に取って返して、小石川の三浦邸に住み込んだ。

ある日、三浦から三、四枚の草稿を示され、これは極秘のものだから、お前はこれを三通浄書せよ、終わるまで部屋を出てはいけない、と言い渡された。対朝鮮政策について、政府の意向を問うものだった。

同年八月、三浦の朝鮮駐在の公使就任が決まり、古澤幸吉も同行する。こうして現地に着くと、新公使の周囲に集まる者には、官吏よりも、むしろ壮士と称する浪人たちが多かった。

三浦梧楼公使以下の一統が、同年一〇月八日早暁、「閔妃暗殺」を実行したときの様子を、古澤幸吉は手記に書き留めている。

《自分と平沢〔三浦梧楼書生〕は仕込杖を提げ公使の輿《こし》の側に従い警護の警官と十名ほどの守備兵と一団になって粛々と進んだ。

宮城に着いた時は夜はすっかり明けていた。日本兵が弘《ママ》〔光〕化門（正門）を警戒していた。宴賓〔香遠〕亭の蓮池を迂回し、東北隅の王居へと進んだ。公使はそこの内門から参入した。自分は萩原という総領事館〔領事館〕の警部、脇田護衛部長（公使館警官）それに鈴木順賢

〔順見〕（岡本柳之助氏の秘書）の四名で隣の一構、坤寧宮〔閣〕へ進入した。

ここは言うまでなく閔妃の宮居である。甃《しきがわら》を敷きつめた院内に佐官級の朝鮮武官が赤に染まって殪《たお》れていた。正面に温突《オンドル》造りの中二階がある。玉壺楼の扁額がかかっていた。そこへ上って見ると室内の器物調度の狼藉たる中に萌黄の薄物を着けた小柄の美人が死んでいる。鈴木はこれが誰であるかを確めるべく奔走し、ようやく奥の方から二人の宮女を拉《らっ》しきて、閔妃なることを確めた。

そこへ隣の室から三浦公使が顔を出し、自分等に対し早くその死骸を始末しろと命ずるのであった。鈴木は一切呑み込んでいるらしいが自分は一向事情が判らぬのでまごついていると、鈴木は脇田に朝鮮人の雑色《ぞうしき》二、三名を引張てこさせ、そこに敷いてある花呉座で王妃の死骸をぐるぐる巻きにして側門から外へ運び出させた。

門の外は松林でそこに大きな穴がある。これは以前土を採った跡らしい。それへ死体を横たえ、薪を運ばせランプを叩き込んで石油をそそぎ火葬にした訳であった。口留めのため王妃を鑑定した宮女と死体始末の雑色は鈴木がどこかへ連れてゆき禁束してしまった。》（『古澤幸吉自叙伝　吾家の記録――村上・厚岸・東京・ハルビン』）

こののち、日本政府は三浦梧楼以下四八名を召還して（ほかに八人の軍人が第五師団で軍法会議にかかる）、広島で投獄する（のちに全員が免訴、軍法会議も全員に無罪判決）。古澤幸吉はここに含まれておらず、漢城に彼は残って、後任の朝鮮駐在公使、小村寿太郎の書生となることが許された。

古澤幸吉が残した手記は、三浦梧楼による朝鮮での挙動に共感を示していない。一方、書生という立場なので、それを制止した様子もない。そして、「閔妃暗殺」の現場に、物騒にも彼は「仕込杖」を提げて、三浦公使に付き従っていく。

一方、後任公使の小村寿太郎は、事件翌年の一八九六年六月、書生の古澤幸吉ひとりを伴って本国に帰任し、外務次官に就く。古澤幸吉も外務次官官邸に住み込んで、やがて、東京外国語学校露語科に正科生として通学することも許された。一九〇〇年夏に卒業すると、小村の外務大臣就任を経て、さらにロシアの首都ペテルブルクでの留学生活にも送り出してもらえた。古澤幸吉は、もはや若いとは言えない三〇歳の壮年である。だが、能力をめきめきと伸ばし、一九〇四年、日露戦争下の日本に戻る。翌〇五年にポーツマス条約が締結されて戦争が終わると、古澤は陸軍通訳の立場でニコライ・ラッセル（ロシア兵捕虜らへの革命工作のため来日していたナロードニキ出身のコスモポリタンな革命家）と協力して、日本で抑留されているロシア兵らの米国への送り出しなどにも取り組んだ。

一九〇六年、古澤幸吉は、外務省通訳生となり、ウラジオストークに赴任。翌〇七年、ハルビンに総領事館を開設することになり、初代総領事・川上俊彦《としつね》の下で、準備段階から現地に着任している。

一九〇九年一〇月二六日朝、元韓国統監・伊藤博文が、ロシアの大蔵大臣ココフツォフとの会談のために到着したハルビン駅のプラットフォームで、韓国人義兵・安重根《アンジュングン》に狙撃され、その日のうちに落命する。伊藤に随行する川上俊彦ハルビン総領事も、肩付近に流れ弾を受け、重傷。古澤幸吉は、出迎えのハルビン総領事館職員として、この現場に居合わせた。その後、安重根の身柄がロシア側官憲から引き渡されると、日本総領事館内で彼も加わって徹夜の取り調べにあたった。

つまり、古澤幸吉は、一八九五年の閔妃暗殺と、一九〇九年の伊藤博文暗殺、生涯で二度にわたって、国際事件と言うべき日朝の最重要な高位者の殺害現場に居合わせる。こういう経験をした者は、明治期日本で、ほかにいなかったのではないか。


その後、古澤幸吉は、ペテルブルク、チチハル、チタなどでの勤務を経て、一九二〇年、日本に帰任し、満四七歳で外務省を退職。

同年のうち、新たに南満洲鉄道に入社して、ふたたびハルビン現地に渡っている。ここで満鉄ハルビン公所長（のちに事務所長）に就任。かたわら、ハルビン日本人会長をつとめて、伊藤公記念館の開設（一九二七年）にもあたった。現地で落命した伊藤博文を顕彰する施設で、日本人会の建物の三階全フロアをあてるものだった。二九年、満五六歳で満鉄を定年退職して、日本に戻る。

しかし、さらに一九三五年に至ると、ハルビン工業大学（ハルビンスキー・ポリテフニーチェスキー・インスチチュート）への顧問就任を求められ、すでに六〇代だったが、三度目のハルビン勤務に単身で赴く。もとは、ロシア帝国による東清鉄道が経営する学校として、ロシア・中国両国の技術者を養成してきた。だが、ロシア革命から「満洲国」建国を経て、いまは満洲国への売却に向かっており、そこに日本の特務機関も絡んで改廃の危機にあるという、複雑な経営事情を負っての古澤への顧問就任要請だった。同年二月、日本を発ち、途中、京城で、閔妃暗殺の跡たる王宮・景福宮を訪ねてから、ハルビンへと向かっている。

翌三六年、ハルビン工業大学の存続を取りつけ、顧問を辞した。そして、同年一一月、日本語紙「哈爾賓《ハルビン》日日新聞」およびロシア語紙「ハルビンスコエ・ウレーミヤ」の社長に就任した。「哈爾賓日日新聞」社長はおよそ一年間で辞したが、「ハルビンスコエ・ウレーミヤ」での社長在任は一九四四年六月まで続く。

「ハルビンスコエ・ウレーミヤ」社長職からの引退後、古澤幸吉は、さらに現地に残って、かねて委嘱されていた哈爾濱《ハルビン》市史の編纂にスタッフを統括して専心した。一九四四年末までに、満洲先住民族から説きおこし、高句麗、遼、金の衰亡を経て清朝に及び、ロシアの東漸までを前史とするハルビン市街地建設、そのうちのロシア時代、中国時代までが、四六判で一五〇〇ページほどのタイプ原稿としてできあがった。まずこれを印刷して、次に満洲国時代のハルビンに取りかかる計画だった。だが、戦局の推移で、印刷には回せないままに終わる。

日本敗戦を経て、一九四六年（昭和二一）秋、七四歳で、神奈川県厚木の自宅に引き揚げた。五一年、この自宅にて、満七八歳の生涯を閉じている。

Ⅲ

中村直人という男には、一九世紀後半、鎖国を続けてきた朝鮮の開国から、二〇世紀初頭の「韓国併合」（一九一〇年）に至るまでの歴史は、いまだにとても難しく感じられる。

高校生のとき、『日本史』の教科書の記述が「近代」のくだりに入って、「朝鮮問題」という小見出しのページに差しかかると、急に、さっぱり意味がつかめなくなった。

あれは、高校三年のときだから、一九七九年のことだろう。大学の受験科目でもあり、とりあえず丸暗記でしのごうとは思うのだが、それにしても、わけがわからず、頭のなかがこんがらがった。

日本で言うなら、明治維新後まもない文明開化の時期から、大日本帝国憲法制定、日清戦争、日露戦争を経るなかで、批判的勢力として社会主義者らも台頭し、これに対する弾圧が、ついには明治末の大逆事件に至るという時代である。なのに、日本と朝鮮、両地のあいだには、まったく異質な時代の移りゆきがあるように感じられた。

たとえば——。

《1876(明治9)年、日本が日朝修好条規によって朝鮮を開国させてから、貿易を拡大し、さらに朝鮮の内政改革にも干渉したことは、朝鮮を属国と考える清国との対立をふかめた。このころ、朝鮮の政府内には、大院君《たいいんくん》一派の保守派(反日派)と閔《びん》氏一派の改革派との対立があり、1882(明治15)年には京城《けいじょう》(現ソウル)の日本公使館が保守派に襲撃される壬午事変《じんごじへん》がおこった。》

さらに続けて、

《その後、朝鮮では、清国とむすんだ事大党《じだいとう》と、日本とむすんで朝鮮の近代化をはかろうとする独立党との対立がはげしくなり、1884(明治17)年、独立党は日本の力をかりて事大党政権をたおそうとする甲申事変《こうしんじへん》をおこした。しかし清国の来援で失敗し、日本公使は一時京城を退去した。》

これ、意味、わかりますか？

いまから思えば、あの教科書は、文章の書き方もおかしかった。意味がつかめないのも、当然だった。

ちなみに、前段で語られる「大院君」は、現国王の父親をさす称号である。実際にこの称号が意味を持つのは、王統の傍系から、次の王が選ばれたさいである。なぜなら、新しい国王が直系の親族関係から選ばれるときには、その父親も「国王」だったわけで、そういう人を「大院君」とは呼ばない。つまり、国王の父が「大院君」と呼ばれるのは、父親自身は「国王」ではなかった、というときだけである。

当代の第二六代朝鮮国王、高宗（一八五二〜一九一九）は、まさに、そのケースだった。先王の哲宗《チョルジョン》に子がなく、傍系の王族から、彼が後嗣に選ばれたからである。わずか一一歳での王位継承だったため、実父の李昰応《イハウン》（一八二一〜九八）は、まだ、ぴんしゃんしていた。この人物こそが、ここで言われる「大院君」である。ちなみに、「大院君」は単に国王の父を指す称号に過ぎないので、歴史上に何人もいる。だから、李昰応その人をさす場合、より正確には「興宣大院君《フンソン》」となる。

一方、「閔氏」のほうは、高宗の外戚にあたる王妃・閔妃の一統をさしている。つまり、国王・高宗をあいだに挟み、実父の一派と妃の一派の対立、いわば「舅」と「妻」のあいだの政争を、この教科書は述べている。そこでは、高宗という王の影は薄い。でも、そうだからといって、この教科書のように「王」の存在を述べないのでは、記述全体の意味が通じない。

さらに、後段は、どうか。

素直に読めば、ここでの「清国とむすんだ事大党」とは、前段の「大院君一派の保守派（反日派）」の流れを汲んでいるようだ。一方、「日本とむすんで朝鮮の近代化をはかろうとする独立党」は、前段の「閔氏一派の改革派」の系統なのではないか、と受け取れる。少なくとも、中村直人が一八歳のとき、彼は、この教科書をそのように読んでいた。

だが、それでは間違いなのだ。

一八八二年の大院君一派主導の軍事反乱（壬午事変、壬午軍乱）で政権を倒された閔氏一派が、やがて、ふたたび息を吹き返せたのは、清国軍による大院君拉致という強引な介入があったからである。国王の父を、隣国が誘拐？　まさに。当時の朝鮮では、こんな暴挙さえ、罷り通った。そして、これによって、閔氏一派は親清国（事大党）に転じて、政権に復帰する。こうした事情が、教科書ではすべて略されている。だから、ことの経緯が読み取れない。というより、まっさかさまの文脈で読めてしまう。

後半部分で語られている「独立党」とは、新しく登場する若きエリート貴族官僚、金玉均、朴泳孝《パクヨンヒョ》ら、日本留学経験者を中心とする開化派の面々である。一八八四年の軍事クーデタ（甲申事変、甲申政変）で、彼らは閔氏政権を転覆させ、親日路線による近代化を図ろうとして失敗する。そして、金玉均、朴泳孝ら、生き残った者の多くは日本などへと逃げていく。

田川律さんのおじいさんにあたる黄鉄も、このなかを生きた。彼の場合は、開化派とみなされながらも、まだあまりに若く、甲申事変の失敗後も日本への流亡は免れ、官職から干されたまま、頭を低くして朝鮮で暮らしていたようである。その間に、書画の腕前を上げ、写真館も開いて、当時最先端の写真術に磨きをかけた。景福宮などの王宮、漢城市内各所の景観写真を数多く残している。一八九〇年には、金剛山まで撮影旅行に出向く。重い機材を担いで登山し、奇岩怪石と雄大な風景を撮影した。

一八九四年の日清戦争前後は、さらに状況が複雑となる。農村の窮乏を背景に、下からの世直しをとなえる東学の教えに帰依した農民たちの蜂起と反乱が、各地に広がった。これを抑えようとして、閔氏政権はまたも清国に出兵を要請。それに対抗して日本も軍隊を送り込み、日清間の戦端が、朝鮮を戦場として開かれていく。

片や、戦乱下ながら、内政では、開化派が中心を占めた金弘集《キムホンジプ》内閣のもとで日本主導の近代化改革が進む。甲午改革（甲午更張）と呼ばれるもので、

・科挙の廃止

・封建的身分制の廃止
・人身売買の禁止
・拷問や連座制による刑罰の廃止
・早婚の習俗の禁止
・寡婦の再婚の許諾
・度量衡の統一

といった事項が、そこには含まれた。

開化派として長く冷や飯を食わされていた黄鉄にも、いよいよ、官吏登用の道が開ける。一八九五年六月、京畿道抱川県監に任命され、現地に赴任したのだ。もし、これがなければ、彼は、同年一〇月、漢城に起こる「閔妃暗殺」への参加を拒みきれなかったかもしれない。

日清戦争で日本が勝利を収める一八九五年——干支で言うなら「乙未《いつび》」の年は、極東アジアの近代史で、一つの大きな転回点をなしている。

同年四月、日清講和条約(下関条約)で清国から日本に、台湾が割譲される。日本にとって、これは明治初期の琉球処分(沖縄併合)に続いて、さらに海外へと植民地を広げる起点となった。

日本軍が、台湾北東岸の三貂角《さんちょうかく》から上陸し、台湾進駐を開始するのは、同年五月二九日。これに対して、台湾住民による抵抗は激しく、以来およそ五カ月間にわたって、台湾史上最大の陸上戦「乙未戦争」が、日本軍と各地の義勇軍のあいだで続いていく。

一方、朝鮮の漢城では、同年秋、王妃・閔妃を日本国公使（三浦梧楼）みずからが先頭に立って殺害する、という前代未聞の「乙未事変」が起こる。

これら二つの動乱は、ともに日清戦争の帰結の上に生じたものだった。この年以後、ちょうど五〇年間、一九四五年の大東亜戦争（太平洋戦争）での日本敗戦まで、日本という国家による領土拡大一本槍の時代がさらに続く。

ところが、現在、日本の中学・高校などの歴史教科書で、これらの事件が明瞭に語られることはほとんどない。焦点が合わせられれば、歴史の意味は理解できる。だが、そうでなければ、この世界で経験されてきた事態に気づくのは、なかなか難しい。

同じ一つの都市をさす名称さえ、一九世紀後半、朝鮮開国（一八七六年）からの　世紀間のうちに、「漢城」から「京城」、そして「ソウル」へと移る。これに照応する歴史の移り行きがあった。

「韓国併合」により、日本が朝鮮という社会全体を植民地統治下に収めたのは、一九一〇年から四五年までの三五年間である。

さらに遡れば、「開国」から「韓国併合」に至るまでにも、ほぼそれと同じ長さの歳月があった。この「開国」以来の三四年間という時間のなかで、「韓国併合」は醸成されていく。

一九四五年の日本敗戦による朝鮮の「解放」は、京城という旧称を廃して、ソウルという都市名に新しい生命を吹き込む。

だが一方、朝鮮半島は、北緯三八度線を境界とする分割占領ラインによって分たれ、四八年、南の「大韓民国」、北の「朝鮮民主主義人民共和国」という二つの国家の樹立。さらに五〇年からの朝鮮戦争を通して、三八度線は、その「休戦」に伴う停戦ラインとして引き直され、現在に至っている。

すでに七〇年以上に及ぶ「休戦」状態。それゆえ、ここは、いまもなお「国境」線とは呼ばれていない。あくまでも軍事「境界」線なのである。そのような地理上、軍事上、政治上の境界も、ソウルという大都市の近くに残したまま、この星は回りつづける。

Ⅳ

中村直人は、思い出す。

『モダン都市・ソウル＝京城の文学地図』というムック本の企画のための取材旅行で、その街に出向いたのは、いまから三〇年ほども前、一九九四年のことだった。すでに年末に近い時期のことで、たしか四泊五日ばかりの短い旅だったことを覚えている。

初めてソウルを訪れたのは、それよりさらに十数年前、一九八一年一月だった。あのときは、まだ中村自身も大学一年生で、前年春、民主化要求の運動の高まりに対し、凄惨な軍事弾圧が加えられる「光州事件」が起こっていた。凍てつく漢江を渡ってソウル市中にバスが入ってくるとき、橋のたもとなどでは、まだ、肩に銃を掛けた兵士たちが厳重な警戒態勢を取っていた。

そのときと較べれば、この一九九四年、仕事上の取材旅行として訪ねたソウルの印象は、活気を帯び、明るいものに変わっていた。道行く若者たちの出立ちや、地下鉄構内の壁面を飾る商品ポスターなどまで、鮮やかに色づいて、東京の表参道あたりの景観と地続きのものに感じられた。

旅のきっかけは、たしか、その年の秋口。銀座のはずれにある新聞社系出版社を訪ねて、秋山という同世代の旧知の副編集長を相手に、この企画の売り込みを図ったことだったと記憶する。

「『風の丘を越えて／西便制《ソピョンジェ》』って韓国映画が、ここんとこ、日本でもずいぶん当たっているだろ？　現地じゃ、ソウルだけでも一〇〇万人以上が観たんだそうだ」

そういった話題から、用件を切り出したことを覚えている。

「――あれなんか、一九六〇年代あたりに韓国社会から消えていく、パンソリ芸人の話だったろう。あの世界は、いまではすっかり失われて、もう、ない。だから、懐かしむことができる。現代の韓国人にとって、ノスタルジーの対象になったということだと思うんだ。

少し前なら、パンソリ芸人の物語なんて、しみったれた民俗芸能として、多数派からはそっぽを向かれたんじゃないかな。日本社会でも、昔は人気者だった浪曲師に、誰も見向きもしなくなったように。若い世代をターゲットにするなら、きっと、現代的なポピュラー音楽業界なんかを題材にしたほうが、興行上のヒットも狙いやすかったに違いない。だけど、いまじゃ、それが大変なヒットだ。むしろ、これは、現在の韓国社会の自信の現われでもあるんじゃないか。もう、土俗的な社会には戻りっこないんだ、ということだろう。

いったいどこで、このように潮目が変わったのか？

変わり目は、八八年のソウル・オリンピック開催だったと思うんだ。あのオリンピックは『８８《パルパル》』と呼ばれて、韓国の政治体制が軍事的な政権から民主的な文民政権に変わる、国を挙げてのお祭りみたいなものだった。

開催準備の過程で、ソウルの表通りの風景が、すっかり変わっていった。くすんだビル街が、真新しい装いに一新されたばかりじゃない。タバコの吸い殻を投げ捨てて、道端に痰を吐きながら歩く男たちの姿がなくなった。盛り場で、はばからずに立ち小便する男たちも。そういったことが、厳しく罰せられるようになったから。つまり、世界中から注目されて恥ずかしくないソウルの景観を作ろう、と。

たった三〇年ほど前の韓国の田舎町を舞台とする映画を観て、皆が懐かしく涙を流せる、なんていうのは、よほど劇的な変化が、そこに生じてきたからであるわけで」

「ははん……」

うなずいて、いつでも日焼けしている痩せた頬を撫で、秋山は、その先の話をうながす。

「――日本でも、たしかに、そういった転機があったはずだね」

「やっぱり、日本でも東京オリンピックの開催が、大きかったんじゃないかな。あれは、一九六四年だろう。オリンピック開催前後の建設ラッシュで、東京という街に、首都高速道路や環状7号道路ができ、東海道新幹線も開通する。在日米軍の広大な軍用地だった代々木のワシントンハイツが、オリンピックの選手村や競技用地に変わっていく。

小津安二郎の映画は、この変化以前の東京の街を舞台にしていたわけだよね。だからこそ、小津の映画を観たりすると、無性に懐かしく感じたりもするんじゃないのかな？

ほら、ソ連のタルコフスキーが撮った『惑星ソラリス』に、東京の首都高での走行風景が、差し込まれる場面があるだろう？　あれは、ＳＦ的な未来の光景として、首都高を使っている。あの時期の東京の景観変化のインパクトを、海外のアーティストが受け止めた例だと思う」

「ああ……、そういうことなんだな」

もう一度、やや顎をしゃくって、彼はうなずく。

「――よし、前口上は、これくらいで十分だ。それで、今回は、どういう企画を提案してくれようっていうんだい？」

「『モダン都市・ソウル＝京城の文学地図』っていうムックをやりたいんだ」

中村は、ひと息にそう言う。そして、あらかじめ用意していたＡ４用紙一枚の企画書を、相手に向かって、机の上を滑らせた。

「――韓国人は、自分たちの社会の近現代史に、いつも強い興味を抱いている。自分たちはどこから来て、この社会で何を経験し、いま、こうして生きることになっているのか。激動の歴史が続く社会の住民だから、こうした関心の持ちかたは、一種の国民性みたいなものだと思う。娯楽的な映画や小説でも、繰り返し、ここに題材を求めたものが現われるよね。

反対に、日本人は自分たちの社会の近代史に、それほど興味を示さない。これは、植民地にされた側の社会と、それを統治してきた側の社会、その違いにも根ざしているのかも知れない。だけど、このさい、戦後五〇年という節目を迎える機会に、この両方の社会からのまなざしが合流するような企画に挑戦してみたいなと思ったんだ。一九一〇年から、日本は朝鮮を植民地として、やがて現地の朝鮮人にも日本語の使用を強いるようになった。そうすると、やがては植民地の朝鮮でも、日本語による文学活動が、朝鮮人、日本人を問わずに、行なわれていくことになる。

いまでは、そういうことは、ほとんど忘れられてきている。これは、日本だけのことでなく、きっと韓国でもそうだろう。だけど、改めてこれを掘り起こしていくと、興味深いことがいろいろ出てくる。おもしろい作品も、たくさんあるんだ。朝鮮人の立場から書かれたものも、屈服を強いられているばかりじゃない。抵抗も、葛藤も、植民地社会に独特の複雑なモダニズムもある。

朝鮮が日本の植民地だった期間は、三五年間。そして、日本の敗戦、『解放』後の五〇年間が、それぞれの社会で過ぎてきた。

この二つの時間をつらぬくような形で、植民地朝鮮を舞台とする文化に、新しい評価の目を向けられる素地を作ってみたいんだ。最近の『風の丘を越えて』のブームなんかも、やがては、そういう視野につながるところがあると思う」

こんなムックを一冊、ビジュアル面でも工夫を凝らしながら作ることができたなら、それは、新しいソウル歴史散歩のガイドブックとしても役立つものになるだろう。

中村直人は、そんな大風呂敷の熱弁をふるってから、いくばくか、具体的な内容の説明に移っていく――。


たとえば、植民地下の朝鮮で、京城の街には、李箱《イサン》という詩人がいた。彼は、朝鮮語でも、日本語でも、風変わりな詩を書いた。いや、絵を描き、建築設計をして、小説も書いた。だから、ほんとうは、彼が何になるつもりでいたのか、わからない。

本名・金海卿《キムヘギョン》。根っから京城育ちの街っ子で、一九一〇年九月、「韓国併合」の翌月、この街の社稷洞で生まれた。王宮・景福宮《キョンボックン》から見て、一キロ足らず西寄りの地域である。二歳で伯父の養子となり、生家からやや北の通仁洞の家に移る。高等普通学校（朝鮮人生徒らの中等教育機関で、日本人生徒らの旧制中学校にあたる）を卒業すると、東崇洞にある京城高等工業学校建築科に進んだ。ソウル大学校工学部の前身にあたる学校だから、現在の大学路、王宮・昌《チャン》徳宮《ドックン》のやや東である。当時は近くに昌慶苑の動物園と植物園もあった。

　朝鮮総督府内務局建築課に技手として就職したのが、一九二九年。その庁舎は、景福宮の正殿たる勤政殿のすぐ前に、立ちはだかるように聳え立っていた。通仁洞の自宅から、徒歩数分の通勤である。就職まもなく、小説、詩などを矢継ぎ早に雑誌に発表する。また、朝鮮美術展覧会（鮮展）の洋画部門に「自画像」を出品し、入選もした。

　ところが、養父である伯父は病没。自身も持病の結核が悪化し、朝鮮総督府を勤務四年で退職する。ほどなく、錦紅《クモン》という名の妓生《キーセン》と出会って、鍾路で「燕」という喫茶店を開店、彼女と同居する。詩はさかんに書いていた。だが、喫茶店の経営はさほど好調とはいかず、「燕」は二年ほどで閉店。錦紅と別れる。

　その年、仁寺洞の「鶴」という喫茶店を引き継ぎ、また失敗。ウェートレス権順玉《クォンスンオク》と恋をして、鍾路に戻って喫茶店「69」を開くが、これも失敗。明治町で「麦」という喫茶店を計画したが、開店前に他者に譲る。そこは、現在の明洞1街あたりで、日本人が多かった地域である。

　一九三六年、彰文社でしばらく働いた。友人の画家・具本雄《クボヌン》の父親が営む出版と印刷を行なう会社で、住所は西大門町二丁目一三九となっている。ここの出版部で自身も加わる文学同人

「九人会」の機関誌「詩と小説」の編集を担当（この機関誌は第一号だけで終わる）。さらに、友人・金起林《キムギリン》の詩集『気象図』を編集、みずから装丁も行なった。勤務というより、会社に寄生して、好きなことだけするような状態だったのかもしれない。

具本雄の親類にあたる卞東琳《ピョンドンニム》と同年に結婚し、六月から黄金町の賃貸アパートで同居した。現在の乙支路、市内の中心部である。彼女は、二〇歳、梨花女子専門学校英文科に在学中。だが、一〇月には、李箱ひとりで日本の東京に渡り、神保町で下宿する。留学、とも言われるが、学校に入った様子はなく、ここでも何をやりたかったたか、よくわからない。

年が明け、一九三七年二月なかば。神田のおでん屋で、あやしい風体として警察に連行され、そのまま西神田署の留置場に放り込まれた。ひと月余り留め置かれて、体調悪化で釈放されると、東京帝国大学医学部附属医院に入院。妻の卞東琳が京城から駆けつけたが、四月一七日、二六歳で息を引き取る。

火葬した骨を卞東琳が京城に持ち帰り、六月、弥阿里共同墓地に葬った。場所は、京城の城外、現在の城北区。市中から北東に四キロばかり、峠を越えたところにある。

このように、『モダン都市・ソウル＝京城の文学地図』では、植民地時代の作家、詩人らの事績が残るソウル市内の場所を、現在の風景に重ねながら追っていきたいと考えた。

中島敦という若者も、当時の京城に住んでいた。李箱より一歳年上、一九〇九年生まれで、のちに「山月記」「虎狩」などで知られる作家となる。その一家が暮らしていたのは、日本人が集住する地区、京城南部の龍山である。

教員の父が朝鮮総督府立龍山中学校に職を得て、一九二〇年、その妻（敦にとっては継母）、敦といっしょに、一家三人で内地から渡ってきた。敦自身は、京城龍山公立尋常小学校に転入した。

二二年、官立京城中学校に入学。場所は、鍾路の西端、セムナン路が行きあたる慶熙宮《キョンヒグン》跡である。同級生に湯浅克衛《かつえ》らがいた。

翌二三年、妹が生まれる。だが、その産褥で継母が落命した。この秋、日本で関東大震災が起こる。被災地の混乱のなか、多くの朝鮮人たちが殺されている風聞が、朝鮮で暮らしている彼らの耳にも届く。このときの重苦しい心情を、彼は、およそ五年後、「巡査の居る風景――一九二三年の一つのスケッチ」という短篇作品に書くことになる。次の年、父はさらに新しい継母を迎えるが、敦はどちらの継母とも馴染めなかった。

一九二五年春、父が勤務先の龍山中学を依願退職。夏には、関東州の大連にある中学校に、継母と妹を伴い、赴いていった。

敦だけが京城に残り、京城第一公立高等女学校で教鞭をとる伯母のもとに身を寄せる。市内の中心部、外国公館などが多く集まる貞洞一番地にある学校だった。一時期、彼の成績は落ちる。だが、持ち直し、翌二六年には、中学校四年修了で、東京の第一高等学校文科甲類を受験して、合格。一年飛び級するかたちで、彼は朝鮮を離れ、東京に向かっていく。

のちに同じく作家となる湯浅克衛は、一九一〇年生まれ。早生まれなので、中島敦と同学年だった。日本軍の朝鮮守備隊に勤務した父に伴われ、幼時から、慶尚南道や平安北道で暮らしたことがある。六歳になる年、父が守備隊を辞めて、朝鮮で巡査の試験を受け、合格。内地の家を引き払い、両親と妹との一家四人で、京畿道水原に移住した。水原公立尋常小学校に入学。現地で、一九一九年、「三・一独立運動」の激しい動きを目撃する。

二二年、京城中学校に入学。しばらくは水原から汽車で通学していたが、二年生から寄宿舎に入った。在学中、谷崎潤一郎『痴人の愛』を読んでいるのが教師に見つかって、重い処分の危機に陥ったとき、中島敦のとりなしにより、どうにか図書室監禁でおさまった。一九二七年、京城中学校を卒業。彼も朝鮮を離れて東京に移り、翌年、第一早稲田高等学院に入学する。

「朝鮮近代文学の祖」とも言われる李《イ》光洙《グワンス》は、一八九二年生まれで、彼らよりずっと年長である。李は結核などの病を重ねて、一九三四年には新聞社勤務を辞め、京城北郊、北漢山のふもとで隠棲する。ところが、三七年、「同友会事件」で反日独立運動の嫌疑をかけられ、逮捕。

鍾路警察署の留置場で勾留中に脊椎カリエスが悪化し、西大門刑務所の病人監房に移された。現在、その跡地は、当時の建物とともに「西大門独立公園」になっている。妻の許英粛《ホヨンスク》は、この時期、東京で産科医療を学んで博士論文を執筆中だった。しかし、取るものも取りあえず京城に戻って、孝子町に産院を開設。三八年、夫の李光洙が保釈されると、産院経営で暮らしを支えた。景福宮の境域の北西に接する街区である。

　若き詩人・尹東柱《ユンドンジュ》は、一九一七年生まれで、はるか朝鮮域外、豆満江の北岸、「北間島」と呼ばれる中華民国吉林省和龍県明東村の出身。彼は、そこから京城に出てきて、三八年四月、延禧専門学校文科に入学する。延世大学校の前身なので、場所は、京城の南西郊にあたる新村である。尹東柱は、寄宿舎三階の屋根裏部屋に、いとこの宋夢奎《ソンモンギュ》ら三人で住み込んだ。二年生になると、やや東に離れた北阿峴の下宿に移る。そして、近所の敬愛する詩人・鄭芝溶《チョンジヨン》宅を訪ねたりした。そのあと、もう少し東、徳寿宮《トクスグン》に近い西小門の下宿に引っ越した。このように、市中のあちこちを転々として、四年生のときには、景福宮の西方、仁王山のふもとにある楼上町の小説家・金松《キムソン》宅に寄宿する時期もあった。

　四二年一月、尹東柱は、さらに日本へと留学するため、卒業証明書、渡航証明書などを取得する必要が生じて、延禧専門学校の事務室で、「平沼東柱」と創氏した名前で手続きを取っている。そして、同年三月、太平洋戦争下にある日本内地へと渡っていく。

朝鮮北部の咸鏡北道で一九一四年に生まれた金鍾漢《キムジョンハン》という詩人もいた。彼は、東京の日本大学専門部芸術科に留学後、そのまま婦人画報社などで働いていたが、一九四二年正月前後、朝鮮の京城に戻る。そして、最初のうちは昌徳宮の北東にあたる明倫町、そのあと、景福宮の東に接する司諫町に下宿して、雑誌「国民文学」の編集部に勤めていた。この版元は、人文社といって、光化門通りにあった。現在の世宗路にあたる。ただし、景福宮の正門「光化門」自体は、当時、景福宮の東側に移築されてしまっていて、光化門通りからは望めなかった。代わって、光化門通りの行く手正面に聳えていたのは、朝鮮総督府庁舎の威容を誇る建物である。

日本の「神奈川新聞」で記者をしていた金達寿《キムダルス》という青年が、日本人の恋人との関係を破綻させ、朝鮮に戻って「京城日報」で勤めはじめたのは、一九四三年五月のこと。下宿先の住所は、司諫町五七、李元周方、とされていて、これは金鍾漢がすでに下宿している家だった。若き作家と詩人は、ここで知り合う。金達寿の勤務先となった京城日報社は、太平通りの京城府庁舎の北側。つまり、現在のソウル市庁舎の北側で、プレスセンタービルとなっている場所である。

この年七月初めに、金鍾漢は、日本語による自身の詩集『たらちねのうた』を、勤め先でもある人文社から刊行。日ごろ敬愛する日本の詩人、中野重治に、面識がないまま、これを送った。すると、中野から礼状のハガキが届いた。「僕は近来詩を書いていないのですが、貴兄の詩を読み、やはり詩を書きたい衝迫を感じます」(一九四三年七月六日付)と記されている。感激して、金鍾漢は、このハガキを下宿で金達寿にも見せた。何度も、彼は見せたらしい。

一九四四年九月、金鍾漢は、祖父危篤の知らせを受けて故郷の咸鏡北道に帰省したさい、汽車のなかで急性肺炎を患う。京城女子医学専門学校附属病院に入院。同月二七日朝、そのまま、三〇歳で急逝した。

「おれ、ひとつ訊いときたいんだけどさ……」

副編集長の秋山は言う。

「――いまの韓国大統領の金泳三《キムヨンサム》って、来年の八月一五日、つまり解放から五〇年目の光復節に、朝鮮総督府の旧庁舎を爆破して解体する、とか言ってるじゃん。世宗路の正面に光化門と景福宮が望める、この国の首都の本来の姿を回復させる、って。

本当に、あれって、やるんだろうか?」

「やるんじゃないかな」

中村は即答する。

「――それが韓国の政治だろう。たしかに正論なんだし、とくに反対論も出ないんじゃないか」

「ボカン！　と、あれだけ巨大な建物をいっぺんに爆破する？」

「そこは状況次第なんじゃないか。もう少し穏当に、派手なセレモニーをやってから、解体工事に取りかかる、とか。ただ、たしかなのは、金泳三には朝鮮総督府旧庁舎の撤去を取り下げるつもりはないだろう、っていうことだ。支持を集めこそすれ、これで彼の人気が落ちるということはない。

それに、これは日本にとっても、結局、悪いことではないんじゃないかな。いつまでも、ソウルの中心地の景観を旧朝鮮総督府の建物が塞いだままでは、けりがつかないよ」

「わかった。……うん、決めたよ。時期も時期だし、『モダン都市・ソウル＝京城の文学地図』、このプランで、ともかくやってみることにしようじゃないか」

秋山は、いつも決断が早い男だった。当時、出版企画部門のデスク格には、その程度の独断専行は許された。

「――いまなら、うちにも、これをやってみる程度の余裕はありそうだ。〝戦後五〇年、いま文学史を歩きなおす〟とでも帯に付けたら、来年夏には、その手のブックフェアにも嚙ませやすい。うちの会社も、先行きは見通しが利かない。やれるうちにやっておこう。これから企画を動かしはじめれば、いつ出せる？」

「資料のたぐいは、すでにほとんど手元に揃えてるんだ。ただ、原稿を書くには、新しく自分で現地を歩いておきたい。しばらく、向こうに行ってないから。それさえ年内に済ませれば、あとは原稿を書くだけだから……、来年の五月か六月には出せるだろう」

「それでいい。じゃあ、デザイナーにはすぐに話して、だいたいの字数やレイアウトの案を出せるようにしておくよ。

ソウルには、どれくらいの日程で行きたいんだ？」

「三、四泊程度でいいと思う。ソウル市内と、近郊の水原あたりまで出向きたいだけだから。ソウルのホテルでの連泊で済む」

「それくらいなら問題ない。現地の通訳とガイドができる人間は付けたほうがいいだろう？留学生なんかで、適当なのを見つけてくれるように、向こうの支局に相談しておくよ。

ただし、写真は、こっちから人を送って新撮するのは、予算を食いすぎる。古い時代の図版集めは、ひとまず君に任せておく。現在の写真は、こっちに任せてくれないか。代理店なんかで借りられるものは借り、足りない分は、向こうの支局のカメラマンに頼むとか、安上がりに済ませることを考えたい。それで勘弁してほしい」

「わかった。それでいい」

「『モダン都市・ソウル＝京城の文学地図』――書名は、ひとまず、これで悪くないだろう」

Ａ４判の用紙一枚、おざなりな企画書を彼は手もとでひらひらさせる。

V

古い手帳を確かめると、韓国・金浦空港に向けての出発は一九九四年一二月一二日。同月一六日までの四泊五日という日程だった。

ソウル到着の当日は、ガイド兼通訳をつけてもらうのは遠慮した。午後の「取材」に使える時間は限られていたし、到着早々から、いきなり、夕食の案内役みたいなことをさせるのにも気が引けた。それより、最初の日くらいは一人で街を歩いてみるのも悪くないように思われた。

冬場のソウルは冷え込みが厳しい。日本より格段に外気が乾燥し、道を歩くあいだも、硬質の寒さのなかに置かれる。市庁前のホテルでチェックインをすませると、高層階の窓から望む街には、遅い午後の橙色を帯びた陽光が射していた。

タクシーで、西大門の独立公園へと向かう。

レンガ造りの巨大な監獄棟が、扇形の配置で、そのまま残っていた。かつて収容者の運動場に使われた施設も、扇形の区画に一人ずつ隔離できるように、高い壁で区切られている。寒い季節に、わざわざ訪ねる人もいないようで、いまは人影がない。

李光洙が、日本による植民地統治下の一九三七年に「同友会事件」で捕らえられ、病人監房に移される「西大門刑務所」は、ここだった。解放（日本の敗戦）後、大韓民国政府のもとで、この刑務施設はやがて「ソウル拘置所」と名を変える。

以前、一九八一年一月に、中村がここを訪ねたときには、まだ大勢の未決囚、そして死刑囚が収容されて、建物の外壁づたいに面会や差し入れに並ぶ人びとの列ができていた。中村自身も、ここで政治犯として拘禁される五人の在日韓国人への差し入れのために、その列に加わっていた。囚われている人には、学生、元学生のほか、もっと年配の人も含まれていた。女性もいた。たしか、あのときは同行した三人で手分けし、差し入れ手続きを行おうとしたのではなかったか。いずれも、朴正煕《パクチョンヒ》大統領による一九七〇年代の独裁体制下で「スパイ」などの容疑をかけられて捕らえられ、八〇年の光州事件後、全斗煥《チョンドゥファン》による新たな独裁政権に移ってからも、なお囚われている人たちだった。中村にとっては面識もない人たちで、あらかじめ渡されていたリストの名前だけを頼りに、ここに来て、面会（不許可とされた）、差し入れなどの手続きを取っていった。リストの人名には、すでに他の地方の矯導所（刑務所）などに移送されてしまった人も含まれているかもしれない。その場合は、該当する刑務施設にも出向いて、差し入れを行なってきてほしい——と、日本を発つとき、救援組織の担当者からは求められていた。あのとき、中村自身は一九歳だった。

いくらかの領置金、図書、そして、防寒用の下着類を差し入れようとしていた。なかでも、対応がもっとも厳しいのは、下着類に関してだった。係官は、下着類の縫い目のパイピングが施された部位を、電気スタンドの強い光にかざし、特に慎重に調べていく。針や通信文などが、そこに隠されていないか、目を近づけて確かめ、さらに、生地のあちこちに指先を押しつけ、少しずつずらしながら、異状がないかを確認する。一枚一枚の下着に、時間がかかった。差し入れのために順番を待つ行列は、これによって、さらに長く伸びていく。

その後の歳月のなかで、日本統治時代に築かれたレンガ造りの監獄棟は、刑務施設としての役割を終えている。これも、ソウル五輪開催に向けて、市内中心部で推進された「環境浄化」の一環だったかと思われる。「ソウル拘置所」は近郊の町に新築、移転され、いまここは、人影のない独立公園となって広がっているだけだ。

その公園を後にして、地図を頼りに歩く。緩やかな丘陵地の曲がりくねった道を越え、社稷洞へと向かった。さらに、通仁洞、孝子洞へとたどる。社稷洞は李箱の生家、通仁洞はその養子先の伯父の家があった。孝子洞では、李光洙の妻・許英肅が産院を開業し、結核療養にあたる夫との暮らしを支えていた。

その時期、李光洙は、日本による植民地支配に重ねて抵抗を試み、そのたび挫折し、やがては、過剰なおもねりにも転じた。どこまでが抵抗で、どのように屈服に変わっていくか。この転変は、わかりづらい。文学史の上でも、彼は「朝鮮近代文学の樹立者」たる光栄と、民族独立運動へのたゆまぬ参画、そして、「親日派」の汚名を、相ともに生きた人である。最後は、「解放」後の朝鮮戦争下、北側の兵士によって連れ去られ、そのまま消息を絶った。だから、一九五〇年を没年とされることが多い。だが、いつ、どこで死んだかは、現在も、はっきりしないままである。一国の代表的な文学者で、これほどの振れ幅をもって生きた例は、珍しいのではないか。

李光洙の妻・許英粛が営む産院があった孝子洞から、南に一キロばかり、光化門前まで歩いた。朝鮮王朝の正宮・景福宮の正門である。前のロータリーから、大通りの世宗路が、まっすぐ南に向かって伸びていく。

世宗路で、大きな書店に立ち寄り、ろくに読めもしないまま、書棚の本を手に取り、めくっていく。そうするうちに、周囲の韓国語のざわめきが、自分のからだになじんでくる。

日の暮れるなか、まだホテルには戻らず、何か食べておかなければと思いなおして、明洞のほうをめざして歩いていく。

ソウルの夜は、電気の光に満ち、明るいものとなっていた。東京の街かどと変わらない着こなしの恋人たちが、肩を抱き合うように歩いていく。

マクドナルド、ドトールコーヒー、ノレバン（カラオケルーム）、ノバダヤキ（「炉端焼き」の韓国なまりで、日本風の居酒屋）といった電飾看板。

八一年一月――。十数年前、初めて中村がこの国に来た時には、こうではなかった。日没後、明洞の繁華街の雑踏が、日本と違ってずいぶん暗いことに、まず驚いた。徴兵期間中なのか、迷彩の戦闘服などを着た若い男たちが、恋人らしいコート姿の若い女と肩を並べて、ほとんど言葉を交わすでもなく、暗い道を影の列となって、ただ、ぞろぞろと歩いていた。

いまは、そうではない。

ソウル到着の翌朝、ガイド兼通訳をしてくれる崔美加《チェミカ》さんと落ち合った。中村が宿泊しているホテルのロビーラウンジのソファに腰掛け、彼女はすでに待っていた。タートルネックのセーターにパンツ、フード付きのコート、肩にかかるくらいの髪だったと記憶する。日本生まれの二・五世（父が在日一世、母が在日二世）なのだという。地元・東京で大学を出て、しばらく働き、そのあと思い直して、韓国に留学してきた。こちらの大学の語学堂で韓国語をおよそ一年間学んで、政治学の修士課程に入り、そこでの二年間が来年二月で区切りとなる。ここで日本に戻るべきか、思案しているところだそうである。

「わたしが出版社から依頼を受けているサポート内容について、念のため、ざっと確認させていただいてよいでしょうか？」

中村の旅程などが記されているらしいファクス用紙を取り出して、崔さんは尋ねた。

——もちろん。

と、彼はうなずく。

「サポートは、きょう、あす、あさって、つまり一二月一三日から一五日ということになっています。いちおう、朝九時半から、とされていますけど、もっと早い時間に変更していただいてもかまいません。サポートの終了時間は、帰りの地下鉄が運行している時間帯であれば、これも当日の取材次第で何時でもかまいません。

これらの点は、よろしいですか？」

——けっこうです。

と、中村。

「わたしの手もとに届いた中村さんの旅程では、日本にお発ちになる日は一六日午後となっています。この日はサポートは不要だと？」

——ええ、その日は、昼過ぎの飛行機に乗るので、あまり使いようがないと思うんです。空港に行くだけですから、サポートなしでけっこうです。

「わかりました。

食事代、タクシー代は、あらかじめ中村さんに現地取材費としてお渡ししてあるものからお使いいただく、とされています。

ちなみに、この取材費には、サポート中のわたしの食事代なども含まれている、とのことです。……これ、ちょっと説明しますと、韓国では『割り勘』って、ふつう、やらないんです。わたしが自分の食事代だけ別に払ったりしていると、かえって、中村さんもお店の人から変な目で見られるんじゃないか……という配慮もあって、こういうことにしてるんじゃないかと思います。厚かましい、というか、申し訳ないんですけど」

かなり言いにくそうに、崔さんは説明してくれた。

——いえ、ぜんぜん。けちんぼの日本人と思われずに済んで、もちろん僕としてもそのほうが助かります。

崔さんは、微笑んで、さらに言う。

「韓国人は、そういうことをするのは『水くさい、そんなんじゃ、さみしい』って、よく言います。『水くさい』のが嫌いな人たちなんです。

初対面の人にでも、あなたは会社でお給料をいくらもらっていますか？　って、訊いたりします。こっちが、ためらって答えられずにいると、『水くさいじゃないか』と残念がる人たちで」

あはは、と軽やかに崔さんは笑った。

「――では、三日間、どんなふうに行動しましょうか？」

――今回の目的としては、いまのソウル近辺の土地勘をつかみたい、ということが、まず第一です。だから、なるべく、歩きたいんです。寒い季節に申し訳ないのですけど。

「わたしも歩くのは好きなので。このところ、運動不足だったので、ちょうどいいです」

――こういうお仕事、ときどき引き受けられるんですか？

「はい。わたし自身の学校の忙しさと、兼ね合いをみながら。ただ、そういうお仕事の多くは、今回の中村さんとは、反対の傾向にあります」

――傾向？

硬い言葉づかいが、中村にはおかしかった。どんな傾向の違いが、僕にありますか？　と、わざとおうむ返しに尋ね返した。

「ひとつは、食べ物ですね。韓国には、いろんな食べ物を楽しみにおいでになる方が多いんです。ですから、事前にいろんな要望が届きます。でも、中村さんからは、食事についての要望が何もありません」

──おまかせします。正直言って、たいていのものはおいしく食べられるんです。ですから、仕事優先でけっこうです。なるべく簡単に済ませましょう。ピザとかスパゲッティとかでも、僕はかまいません。

「わたしには、それ、ありがたいです。日本からのお客さまのたびに、韓国料理の有名店で食事するのは、正直言ってちょっと……たくさん食べるのが苦手なので」

眉根を寄せ、崔さんは、泣き笑いのような表情になった。

──かぼちゃのスープみたいなのがありますね。

「ホバクかしら。かぼちゃの粥。ホバクチュクかと思います」

──一九歳で、初めて韓国に来たとき、朝、南大門市場に行くと、店先で真っ白に湯気が立っていて、引き寄せられました。温かくて、おいしかった。じつは、きのうも明洞で食べたいなと思ったのだけど、見つけられなくて。

「じゃあ、機会があれば、ホバクチュクを食べましょう」

崔さんは笑って、手帳にメモした。

中村は、取材地について、おおまかな希望を述べていく。

──きょうは、まず、景福宮から昌徳宮、仁寺洞、タプコル公園のほうへ歩きたいんです。あすは、遠出して、水原に行ってみられればと思います。湯浅克衛という作家が、水原育ちで、三・一独立運動を背景に「カンナニ」というデビュー作を書いています。それにまつわる場所を確かめたいんです。

……「カンナニ」の主人公の日本人少年は、父親が巡査で、水原にある「李根宅《イグンテク》」子爵の屋敷の警備を担当していることから、その屋敷内に一家の住まいもある。

この子爵は、同じ発音の「李根澤《イグンテク》」という実在の人物をモデルにしています。ご存知かもしれませんが、李根澤は、一九〇五年の第二次日韓協約に閣僚の一員として賛同して、「韓国併合」に道を開いた「乙巳五賊《ウルサオジョク》」の一人、とされている人物なんです。ですから、できれば、この李根澤子爵邸はどこにあったか、それを確かめておきたいんです。

それから、三・一運動のとき、日本軍が、水原の堤岩里《チェアムリ》にあったキリスト教のお堂に住民を集めて、発砲して火を放つ。これによって、大勢の犠牲者が出た。そこ、場所をご存知ですか？

「聞いたことはありますが、知りません」崔さんは、微かに首を振り、また、手帳にボールペンを走らせる。「調べてみます。チェアムリ、ですね？ それと、李根澤の屋敷だった場所も、可能なら」

——三日目は……。一、二日目にどれくらい見てまわれたかを踏まえて、決めましょう。崔さんからも提案していただけると、ありがたいです。

「わかりました」微笑して、彼女は手帳をしまった。「わたしも考えながら歩きます」

よく晴れた初冬の午前だった。中村と崔さんは、ホテル前から、太平路を地下通路で反対側に渡った。正面に、遠く光化門と旧朝鮮総督府庁舎を望む。歩道の左手には、美しい石積みの塀が続いていた。上端に瓦屋根を備えた塀である。

「この塀の向こうは、何ですか？」

「徳寿宮《トクスグン》です。高宗が住んでいました。閔妃暗殺のあとに」

「あ、そうなんですか？」

不覚にも、中村は、それさえ知らなかった。いや、気にかけることもなかったというべきか。

朝鮮王朝は、この都市にいくつもの王宮を持っていた。なかでも、本来の正宮に位置づけられるのが景福宮《キョンボックン》である。ただし、この王宮は一五九二年の豊臣秀吉による朝鮮侵攻（文禄の役、壬辰倭乱）のさいに焼亡し、それから二七〇年余りのあいだ、ほとんど荒れ野に戻るにまかせて、放置されていた。代わって、その東側に位置する広大な離宮の昌徳宮《チャンドックン》が、長く正宮として使われた。高宗が幼時に即位したときも、この王宮に入っている。ほどなく、興宣大院君《フンソン》が剛腕をふるって景福宮再建という大事業を開始した。そして、ついに一八六八年、高宗の王居は、本来の正宮である景福宮に戻ったのだった。

だが、それからも、再建まもない景福宮が放火されるなどの騒擾は続き、一時は、ふたたび昌徳宮に王居を移さねばならない時期などもあった。

中村としては、そのあたりの変転をどうにか自分の頭に入れることに、気持ちを奪われていた。だから、街の中心部に小ぢんまりと位置する「徳寿宮」という王宮が、どんな性格を帯びる場所なのか、これまで意識してみることさえなかった。だが、滅亡に向かっていく朝鮮王朝で、長く王座にとどまる高宗にとって、「徳寿宮」という小さな王宮は、何かしら特別な場所だったということか？

こういうことがあった——ということに、崔さんは、中村の注意をうながす。

——一八九六年二月一一日、朝六時。王妃・閔妃が日本公使館の関係者たちの手で殺害されてから、四カ月ほどのちのことである。景福宮の奥深く、国王一家が起居する乾清宮で、ひそやかに動きはじめる人影があった。国王自身と、二一歳になる世継ぎの王子は徒歩。また、王太后（高宗にとっては、義理の兄嫁）と王太子妃（息子の嫁）は、幾人かの女官や武官に輿の周囲を守られ、王宮の北門にあたる神武門へと向かっていた。神武門の前では、五〇名ほどのロシア兵らが待ち受けており、彼らに前後を警備されながら、およそ二キロの道のりを、市中中心部の貞洞の丘の上にあるロシア公使館まで、一行は静かに歩いていく。

これが「露館播遷《はせん》」と呼ばれる出来事である。以後、それからほぼ一年間、国王の高宗と世継ぎの王子は、ロシア公使館内に匿われて過ごす。一方、女性である王太后と王太子妃は、その間、ロシア公使館から間近い慶運宮《キョンウングン》で暮らした。そして、一年後には、高宗と王子もロシア公使館を出て慶運宮に移り、王族の女たちと再度合流して暮らしはじめる。

この話は、中村の記憶にも印象深く残っている。けれど、彼らが新しく暮らしはじめる「慶運宮」という王宮が、いったいどこにあるのか、気にかけることはなかった。そして、思えば、こんな名前の王宮は、いまはない。

実は、のちに、高宗が世継ぎの王子（次帝・純宗《スンジョン》）に譲位（一九〇七年）するさい、新帝・純宗は父・高宗の長寿を祈念するために、慶運宮を「徳寿宮」と改称したのだという。そして、純宗自身は、広大な昌徳宮へと王居を移す。つまり、「徳寿宮」とは、退位後の高宗の隠居所たる宮殿の名称なのである。高宗は、一九一九年、満六六歳で没するまで、この場所で暮らしつづけた。

「歴史に詳しいですね」

中村が言うと、崔さんは、つんとした横顔を崩さず、

「何十回も、ソウル案内をやっていますから、この程度には」

両手を紺のコートのポケットに差し入れ、白い毛糸の帽子、ショートブーツで、すたすた歩いている。

「――がんばってください」そう言ってから、崔さんは、振り向いて笑った。「これ、たぶん、ソウルの歴史でけっこう大事なポイントです」

世宗路の正面に、光化門が迫ってくる。

一九二六年、日本による植民地朝鮮への統治機関として、ここに朝鮮総督府の壮麗な新庁舎が建設されるさい、光化門は、景福宮の東側へと移された。しかも、「解放」後の一九五〇年、朝鮮戦争の戦火で、その光化門は焼亡してしまう。片や、朝鮮総督府庁舎の建物は、「解放」後には韓国政府の「中央庁」庁舎に転用されて、ここに残り続けた。一九六八年、その建物の前面に、コンクリートで基壇を築きなおして、現在の光化門が再建されている。

したがって、こうして世宗路から正面を望むと、いまは光化門ごしに旧朝鮮総督府庁舎が聳えている。かんじんの景福宮は、その向こうの陰に隠れたままである。だからこそ、金泳三大統領は、来年（一九九五年）八月の「光復五〇年」を機に、植民地時代の遺物たる目障りな旧朝鮮総督府庁舎の建物を取りはらい、光化門ごしに景福宮を望む「朝鮮王朝」本来の景観を、この都市に回復させようと打ち上げる。

崔美加さんをさそって光化門をくぐり、韓国政府「中央庁」を経て「国立中央博物館」へと、現在は転用されている旧朝鮮総督府庁舎の建物に、中村は入っていく。ホールの中央で立ち止まって、頭上を見上げると、吹き抜けのドームの丸天井に、聖堂のようなステンドグラスがめぐっている。

陳列ケースには、白磁や青磁が並んでいた。おびただしい数である。だが、広すぎる空間、そして、蛍光灯による白じらとした光線の具合か、どの器も生気を失い、寒ざむと映る。

かつては、李箱、いや本名・金海卿という名の総督府内務局建築課勤務の若き下級官吏も、この吹き抜けを取り巻く階段を上がったり、下がったりしていた。しばらくして、同じ庁舎内の官房会計課営繕係に異動。やがて辞職し、二三歳の彼は、朝鮮語で、こんな詩を書く。

詩第一号

十三人の子どもが道路を疾走します。
(道は行き止まりの露地が適当です。)

第一の子どもが怖いといっています。
第二の子どもが怖いといっています。

第三の子どもが怖いといっています。
第四の子どもが怖いといっています。
第五の子どもが怖いといっています。
第六の子どもが怖いといっています。
第七の子どもが怖いといっています。
第八の子どもが怖いといっています。
第九の子どもが怖いといっています。
第十の子どもが怖いといっています。

第十一の子どもが怖いといっています。
第十二の子どもが怖いといっています。
第十三の子どもが怖いといっています。
十三人の子どもは怖い子どもと怖がる子どもが集まりました。
(他の事情はないほうがいっそよろしい。)

そのなかの一人の子どもが怖い子どもでも結構。

そのなかの二人の子どもが怖い子どもでも結構。

そのなかの二人の子どもが怖がる子どもでも結構。

そのなかの一人の子どもが怖がる子どもでも結構。

十三人の子どもが道路を疾走しなくても結構。
（道は抜けられる露地でも適当です。）

（連作詩〈烏瞰図《オガムド》〉より）

崔さんとの昼食に、何を食べたのだったか。飲食店を探し求めるのも面倒で、景福宮の売店に並ぶキンパプ（海苔巻き）でも頬張って済ませることにしたのではないか。景福宮の境域を東に抜けると、司諫洞。朝鮮王朝の時代、司諫院が置かれていた場所だろう。王が誤った政治を行なおうとしているときには、諫言し、その非を指摘するという、重要な役所である。

一八九四年、東学の乱から日清戦争に向かう戦乱下、内政においては、「甲午改革」という近代化に向けた施策が、日本からの強要ともいうべき求めで推進される。このなかで、司諫院は司憲府と合わせて、議政府所属の都察院に改編された。議政府は内閣にあたる行政機関なので、乱立気味の諸官庁を統合、整理するという、いわば行政改革の試みである。これが、どれほどの成果を挙げたのか、中村にはわからない。とにかく、太平洋戦争下、二〇世紀の日本統治時代末期に、この界隈は「司諫町」という日本風の地名呼称に変わって、金鍾漢や金達寿ら有象無象の編集者や新聞記者までが下宿して暮らせる街区となっていた。

入り組んだ路地をここから東のほうに抜けていく。いつのうちにか、古く大きな韓国式建築の屋敷を取り囲む石塀が、狭い道ぎわに続いている。

「尹潽善《ユンボソン》元大統領のお屋敷です。ご本人は亡くなりましたが、いまも家族が暮らしておられるようです」

崔さんが、言った。

ああ、ここだったのか……と、思い出す。

「このお宅には、来たことがあります。一三年前のことです。まだ尹潽善氏が存命しておいででした。尹潽善夫人は、たしか、孔徳貴《コンドッキ》というお名前で、韓国良心犯家族協議会といったか、その会長もつとめておられました。ですから、政治犯たちの家族の案内で、連れてこられたんです。当時は、在日韓国人で故国留学してきたり、ビジネスで来たりした人たちが、スパイ容疑をかけられて、何十人と監獄に入れられていました。在日僑胞《チェイルキョッポ》は同胞だけど、日本という外国で暮らしてきた人びとなので、ふつうの韓国社会からの関心は薄かった。だから、『学園浸透スパイ団事件』といった怪しげな事件をデッチ上げで作りだしたりして、軍事政権としても政治利用しやすかった。

孔徳貴夫人は、熱心なクリスチャンでした。良心犯の家族たちにもクリスチャンは多かった。そうしたつながりもあったせいか、この問題にとても積極的に取り組む人でした。当時の韓国人で珍しかったと思います」

「そうでしたか」

あまり感情を表に出さず、平屋建ての屋敷の屋根のほうに目をやって、崔さんは相づちを打つ。石塀づたいに歩きはじめる。

「うん。そのとき、尹潽善氏も夫人といっしょに応接間まで出てきて、われわれを迎えてくれたんです。もう、八〇歳をいくつか過ぎていて、多弁ではないんだけど、こんにちは、よくおいでになりましたね、っていう感じだった。夫人が『ミスター尹は、こういう考えです』と、日本語で取り次いでくれていた。夫人のほうは、つい先ごろも大田矯導所まで自分から出向いて、在日韓国人学生らの処遇改善を働きかけてきた、とか、そういう話だったのを覚えています」

韓国という社会は、ひどく権威主義的な外貌を備えたところもある。だが、ささやかな仲立ちを得ることで、こうやって元大統領の私邸にまであっさり招き入れられたりもするようだ。

そのことが、当時の中村には驚きだった。いや、驚く、というほどの余裕も与えられないまま、韓国への入国とともに、人から人へと介されて、ものごとが運んでいった。

　当時は、光州事件の直後で「民主人士」と呼ばれて影響力のある人びとはほとんどが獄に囚われ、なお獄外にあるのは、高齢の尹潽善氏ら、わずかな人たちだけだ、と聞いていた。しかも、これまで幾度となく民主化要求の運動に加わってきた尹氏も、現在では全斗煥による独裁政権に対して妥協的な態度になっていて、信頼できない、という評価も、重ねて耳にした。だが、そう言われる立場にある人までが、こうしてあっさり眼前に現われる。これも、中村には不思議なことだった。

「尹潽善は、おじいさんの尹英烈《ユンヨンニョル》という人が開化派の流れにいた軍人で、高宗の側近として働いた人なんです。立ち回るのも上手だったのか、ずっと失脚もせずに生き延びて、ずいぶん財産を築いた一族だそうです」崔さんは説明しながら、ちょっと肩を上げ、くすんと笑った。

「だから、このお屋敷も、間口が九九間あるんだそうです。百間以上の屋敷は、王族にしか許されない。そこで、一間だけ遠慮しておく、ということですね」

　尹潽善は、一八九七年生まれ。日本敗戦による「解放」後、大韓民国初のソウル市長をつとめた人である。一九六〇年、独裁化していた李《イ》承晩《スンマン》政権が四・一九学生革命で倒されたことにより、建国後、二人目の韓国大統領に就任した。だが、翌六一年五月には陸軍少将の朴正熙が率いる軍事クーデタが起こり、短期間で大統領を退く。以後、長年にわたって軍事的な独裁政権が続く韓国で、この人は在野の立場から政権批判を続けた。名流たる自負心が、それを支えていたことも確かだろう。

「中村さんは……」

並んで歩きながら、顔を向け、崔さんは彼に訊く。

「――なんで、一九歳のとき、韓国まで来たんですか？　在日の学生たちがスパイ容疑で捕えられていたにせよ、中村さん自身は、日本人でしょう？」

「そこは、ただの成り行きなんです」

この男は答えた。

「――大学に入ったとき、文化史専攻日本史という専攻のコースでした。そこでは、最初に『基礎演習』というゼミナールがあって、主題ごとにいくつかの班に分かれ、グループ学習で成果を発表しながら勉強を進めていく。このクラスが始まるとき、指導教授が、『誰か、日朝関係史をやる者はおらんか？』とおっしゃって、とっさに手を挙げた。そういう七、八人で、一つの班を作って、『日本人の朝鮮観の変遷』という主題でグループ学習を始めることになったんです。これが一九八〇年四月。韓国では、ちょうど『ソウルの春』と呼ばれて、民主化を求める大きなデモが、連日のように行なわれている時期でした。そして、五月、それらの民主化要求の動きを一挙に叩きつぶすようにして、全斗煥が率いる軍による武力鎮圧、『光州事件』が起こる。こうなってくると、隣国の政治はいまの自分の勉強と関係ない、っていう気持ちにはなれないでしょう？

だから、グループ学習の仲間たちとも言い交わして、韓国で起こっている問題をめぐって、大学生にしては大規模なシンポジウムとか、デモとか、わりあいにやったんです。韓国からは、そのあいだも、深刻な状況が伝わってくる。そういうとき、こっちは無我夢中で動いていて気がつかないけど、どうやら、よそから様子を見ている人たちがいるものらしいんです」

「います」

断言して、崔さんは笑った。

「……あそこの基礎ゼミの中村という学生は、まだ一年生だけど、元気がいい。だから、誘ってみよう、と考える人たちがいたらしい。在日韓国人の政治犯の救援活動を続けてきた人たちの団体に」

「なるほど。そういうことか」

「僕自身は、そういう社会的な団体に所属したことはないんです。でも、救援活動で何度も渡韓している人たちは、すでに韓国当局からマークされて、ビザが発給されなくなっている。だから、韓国に入国できない。そういう事情で、手伝ってくれないか、という声が、向こうからかかった。要するに、彼らとしては、韓国への渡航歴がまっさらで、なるべく当局からノーマークな人間を探したかった。それだけのことなんです。

僕としては、それを断わる理由がなかった。ただ、『わかりました』と答えたんだと思います」

「未成年ですよね。そのとき、中村さんは」

「そうです。

でも、元気がよくて、ある程度しっかりしてさえいれば、彼らとしては年齢は気にしてなかったんじゃないかな。むしろ、実際に獄中に囚われている人たちがいるかぎりは、若い世代にも救援活動の経験を積ませて、引き継いでいかないといけない。それに、学生だったら、ある程度長期間でも現地に滞在できるでしょう？　韓国各地の矯導所、拘置所、保安監護所を回るんですから、何よりそれが大事でした」

尹潽善家から、栗谷路を南に渡って、雲峴宮《ウニョングン》へと歩いた。雲峴宮は、復興整備事業のさなかで、敷地前の道路ぎわから補修工事などの様子だけうかがった。

高宗《コジョン》の実父、興宣《フンソン》大院君こと李昰応《イハウン》の居宅だった場所である。のちに高宗となる次男坊、命《ミョン》福《ボク》という幼名を持つ少年も、ここで生まれた。当時は、粗末でありきたりな家屋に過ぎなかった。「雲峴宮」という宮居にまごう名で呼ばれるようになるのは、李昰応が国王・高宗の実父として絶大な権力を握り、豪勢な門や建物が次々と普請されだしてからである。

西暦なら一八六四年一月一六日、満一一歳の命福が、ここの庭で凧を揚げているところに、彼を国王として迎えると告げる使者一行が到着した、と伝えられている。当時の景福宮は、日本の豊臣秀吉による壬辰倭乱（文禄の役）で焼亡して以来、荒れ野のまま放置されており、代わって昌徳宮が王朝の正宮として使われていた。命福一家の住まいから、この王宮まで、ほんの五〇〇メートルばかりの道行きだった。

命福が、こうして朝鮮王朝第二六代国王の座に迎えられるまでには、父・李昰応による長年の涙ぐましい苦労と屈辱の積み重ねがあった。これを抜きに、大院君たる李昰応による、まさに超人的とも言うべき権力への執着は、理解しきれないのではないか。

一九八一年一月――。

尹潽善家を訪ねたときの思い出を崔美加さんに話したことをきっかけに、あの暗い時期、この国のあちこちの都市を歩いたときの光景を、中村はまた思い出す。

全斗煥による軍事クーデタを経て、どこの町でも、大通りをまたぐアーチがあちらこちらに架けられて、官製のスローガンが溢れていた。

「民主主義の土着化」

「福祉社会の建設」

「正義社会の具現」

「教育革新の文化暢達」

文化暢達とは、何だったのか？

「浄化」「躍進」といった言葉が、街中に貼りめぐらされたポスターに躍っていた。一九八一年の施政目標は、

「国家安保の強化」

「民主政治の定着」

「経済安定の成長」

「奉仕行政の具現」

奉仕行政って、何を「具現」しようとするものであったのか？

たいへんな数の合言葉ばかりが、路上のいたるところで空回りを続けていた。

当時の韓国の新聞は、漢字・ハングルの混用体が用いられており、韓国語がわからなくても、日本人にはおよその意味が汲み取れた。商店などでは、まだ、「おでん」、「うどん」、「海苔巻き」といった日本語由来の言葉が、多く残っていた。そして、中年以上の世代には、子どもの

ころ習い覚えた日本語で受け答えしてくれる人も多かった。植民地時代の名残は、街の隅ずみに、まだ色濃くとどまっていた。日本社会の側が、そうした時代のことなどすっかり忘れていたとしても、なお、そうだった。

夕方五時には、街のあちこちのスピーカーから国歌「愛国歌」が大音量で流される。すると、街頭では、横断歩道を渡っている人までが、その場で直立不動となって、立ち止まる。あとで知ると、これは「国旗降下式」と意味づけられていたらしく、官庁などでは、毎夕、この放送に合わせて国旗が降ろされる。国旗がどこかに見えれば、そちらに向かって、また、そうしたものが見当たらなければスピーカーのほうに向かって、最敬礼のような姿勢を保つ。とはいえ、これは、人目につく場所で恭順を示すという儀礼であるらしく、飲食店のなかや、人通りのない場所などでは、愛国歌が流れていても無視されていた。

大通りから脇道に入ると、家屋の裏手にキムチの大甕が積みあげられ、気だるさを誘う尿くさいような匂いが澱んでいた。それが、オンドルで焚く練炭によるものらしいと気がついたのは、ずいぶん経ってからである。大きな鋏をガチャガチャ鳴らしながら行商する男がいる。鋳掛け屋かと思ったが、あとで教えられると飴売りだとのことだった。歩道ばたに掻き寄せられた汚れた雪の上にも、男たちは痰を吐き出し、たばこの吸い殻を投げ捨て、歩いていく。

町の飲食店の水洗トイレなども、まだ水量が少ないらしく（紙質の悪さもあった）、紙類は流さずに脇のブリキ缶に捨てるようになっていた。なぜかはわからないが、大便器、小便器が木っ端みじんに割り砕かれて、穴だけの状態になっている店も、ときどきあった。誰が壊していたのか？　錘路あたりの喫茶店では、なぜかトイレの天井が破られて、吹きさらしになっている。そこでは、個室の内側に傘が置かれており、雨の日にはそれを差しながら用を足すようだった。

街頭で行き合う人も、いまよりずっと貧しげだった。盛り場の雑踏で、学齢前のおかっぱ頭の女の子などが、ロッテのガムを一枚ずつのバラ売りとして、差し出してくることがあった。小銭を渡し、ガムを受け取っても、気持ちが苦しい。自分の妹も、少し前にはあれくらいの年恰好だったと、連想がめぐる。昼食を取ろうと、大衆食堂でテーブルにつくと、この店にもまた同じ女の子がガムのバラ売りをしに入ってくる。バス停で、たばこのバラ売りをする男もいた。混み合う地下鉄の中では、新聞売りの少年が声を張り上げながら、車両を小走りに抜けていく。

だが、思い出してみれば、中村自身の幼時の故郷・京都でも、近所の市電の停留所などに、回数乗車券をバラ売りして、わずかな差額を稼ごうとする老女はいた。それを思うと、両地の世間は、せいぜい一五年ほどの時間差で、おおむね同じ方向に動いているようにも思われた。

それから十数年。こうして一九九四年の同じ街を歩くと、あれら前時代の社会風俗はほとんどすべて消えている。

一九八一年一月、ソウルの街に来たときには、尹潽善氏のほか、満八〇歳になる在野の宗教思想家、咸錫憲《ハムソッコン》氏も、自宅に訪ねた。これについては、ニコラ・ガイガーという年長の知人から紹介を得てのことだった。

「韓国に行くの？　それなら、咸錫憲に会うといい。わたしが紹介する」

と、いきなり、彼女はそう言った。

ニコラ・ガイガーは、中村がアルバイトしている京都の喫茶店に、よくコーヒーを飲みに来た。近所にある「世界大学」の「校長」である。もっとも、これは中村たちが日本語に訳して、勝手にそう解釈していたもので、原語では、クエーカーが運営する「フレンズ・ワールド・カレッジ」の日本におけるディレクター、といったと思う。京都御所近くに、古くて広めの民家を借り受け、そういう施設名の看板を掲げて、国際交流のプログラムを実践しているようだった。ニコラは、銀髪のおかっぱ髪に、よく肥えた小柄な体軀で、中村の母親より少し年長、といった年齢だったろう。咸錫憲氏もクエーカーであり、長い付き合いがあるらしい。加えて、ニコラは、これまで韓国に長期滞在するたび、いつも咸錫憲氏の家で暮らしていたという。いままでも、彼の家に、かなりの荷物を預けたままにしている、とのことだった。だが、光州事件後の全斗煥による軍事政権は、彼女の入国を拒んでいた。

クエーカーについては、絶対平和主義に立つキリスト教プロテスタントの一派、といった説明が一般的なようだ。ただ、中村の知るニコラ・ガイガーたちには、むしろ、おおらかに打ち解けたコスモポリタンな態度のようなものが、印象としては付いてまわった。このときも、彼女は、いきなり手帳を取り出し、咸錫憲氏のアドレスと電話番号をメモして、そのページをちぎり取って、中村に渡した。そして、

「金浦空港に着いたら、そこから彼に電話しなさい。あとで、彼への手紙と、渡してほしい本、それとお土産を預けるから、彼のところに持って行って」

と、朗らかな口調で言うのだった。

とはいえ、ふだん伝えられるところでは、咸錫憲と言えば、韓国の独裁政権の下で、長年「シアレソリ（民の声）」という個人誌をひるまずに出し続けてきた不屈の人。韓国の民主化運動に不断の影響力をもたらしつづけてきた長老的な存在である。そういう人のところに、いきなり日本の大学生にすぎない男が、のこのこ訪ねていっていいのだろうか？　迷惑なのではないか。

ためらっても、ニコラは決めつけた。

「そんなことない。あなたは、政治犯を助けようと思って韓国に行くんでしょう？　それは、彼が望んでいることと同じなの。だから、助けてくれる。彼のところにお寄りなさい。いずれ、

それが人の役にも立つことになる。

ニコラの紹介で、と言いなさい。彼は、喜んで迎えてくれるでしょう」

そんなわけで、あのとき中村は、金浦空港に降り立つと、まず、教えられていた咸錫憲氏の番号に電話をした。何度かコールして、女性の声が電話口に出た。

「ヨボセヨ……。私は日本の大学生で、ナカムラと申します。咸錫憲先生はおいでになりますか？」

当時は、韓国語もまったく知らない。だから、カタカナ書きの例文集をにらみながら、これが自分に話せる韓国語のすべてだった。

女性の声は何か答えてくれたが、もちろん、何を言われたのかはわからない。しばらく、時間が空いて、やがて落ち着いた響きの男性の声が電話口に出た。

「私の名前は……」

と、何とか英語で話し、すぐに詰まった。だから、日本語で話してもよいでしょうか？　と尋ねてみた。

「どうぞ、どうぞ、日本語でお話しなさい」

日本語で、そのように答えてくれた。咸錫憲氏は、植民地統治下で日本語使用を強いられた世代であるのに加えて、当時、東京高等師範学校に留学し、無教会の立場を取る内村鑑三から教えを受けた人でもあった。そのとき日本で、関東大震災も経験した。

「――ああ、ニコラさんのお知りあいですか。それは懐かしい。宿に着いたら、もう一度こちらに電話をくださって、タクシーでおいでなさい」

宿からのタクシーは、かなり長い道のりを走り続けたように覚えている。

街はずれ、急な坂道を上りつめたところに、ぽつんと、その小さな家はあった。たたずまいは覚えているのだが、あれはどこの地区だったのだろうか？

門口に現われたのは、写真などで見覚えのある、小柄だが、白髭、白髪、韓服姿で、美しい翁の面のような顔立ちをした老人だった。玄関脇、障子戸を備える四畳半ほどのオンドル房の書斎に通された。書物の山。衣類の山。ガラス窓から、冬の夕刻近い陽が差し入っていた。文机の脇に、半分ほど空いた一升瓶が置かれている。

初老の婦人が、人参茶を出してくれて、すぐに退く。飴湯のように甘い。夫人はすでに亡く、家事を助けてくれている人だったのだろう。

ニコラから託されていた手紙、本、そして酒瓶を手渡した。本は、たしか、米国の未来学者アルビン・トフラーが前年に刊行したばかりの *The Third Wave*（日本語題『第三の波』）の原書だった。咸錫憲氏は、こんな現代的な文明論を英語で読んだりされるのだろうか？　疑問

に思いながらも、恐るおそる差し出した。だが、手に取って、穏やかな微笑とともに、

「あ、これは、もう読みました」

と即座に返事があって、中村はさらに驚いた。

思えば、咸錫憲氏の歴史論などには、つねに巨視的な文明論が伴う。ニコラは、それを知るからこそ、「いま米国ではこの本が話題になってる」と気を利かせたのではないか。だが、この老人の関心の動きは、それさえさらに上回っていたということらしい。

また、土産の酒瓶に目を向けて、

「ニコラさんは、ここに来るときには、いつも、この酒を提げてきてくれました。でも、もはや、彼女も韓国への入国が許されない。いま私たちがこうして話し合っていることにさえ、ほんとうなら、当局の許可がいる。それほど厳しい状態です。

私は歳をとって、英語も忘れてきています。去年の一二月には玄関先で転んで腰を打って、長く臥せっていました。いまも、そう多くは祈りを重ねられません。だから、ほんとうは、酒ももうやめなければ、と思っているんですよ」

いたずらっぽい目をして笑った。

それから話題を転じ、目下の韓国の政情、社会状況などについて、思うところ、知るところをためらわずに話してくれるのだった。

すっかり長居をして、窓の外はとうに暗くなっていた。もう引き上げなければと、腰を上げかけると、彼は言った。

「ニコラさんの荷物も、まだ預かったままになっています。またおいでになればよいのですが。

このごろは歳のせいで、人の顔さえすぐに忘れてしまいます。次においでのとき、私があなたの顔を忘れていても、どうか怒らずにいてください」

咸錫憲氏は、冗談が言える人だった。

朝鮮でも北辺の鴨緑江河口に近い、平安北道龍川で、彼は生まれた。父は漢方医。日本敗戦による「解放」直後、あえて自身は郷里を離れ、三八度線を越えて南下することを選んだ。だが、この決断によって、母や肉親の多くと再会する機会を永遠に失った。

自伝のなかで彼は書く。

《母の姓は金氏、名前は亨道《ヒョンド》である。わが国の大方の女子が皆そうであったように、母も人生の半ばを過ぎるまで名前を持っていなかった。その名前は、日本によって国が亡ぼされ、総督政治の下で戸籍が全て新しく書き換えられた時、女子も皆名前がなければならないということで、一夜の中ににわかに決められたものだ。村の大人たちが座敷《サランバン》に集まって、あの家この家の女たちの名前を、みなそれぞれに似合うようにと考え付けていたその時の光景を、私は今でも記憶している。亭《ヒョン》の字は、父親の名が亭澤で、それから一字を採ったのであるが、道《ド》の字はどうして付けられたのか分からない。しかし母の人生を顧みる時、実によく合った字だと思う。母は文字は知らなかったけれど、間違いなく道理をわきまえた人であったし、また中年以降は篤実なキリスト教信者であったからだ。》

　朝鮮の女たちには、名前がなかった。だから、日本による韓国併合直前の「民籍法」（一九〇九年）制定によって、女性にも名前をつけることが初めて義務化されたのだということに、ここで咸錫憲は言及しているのである。

　たとえ、王妃の閔妃《ミンビ》であっても、ことは同じだった。彼女は「閔致禄《ミンチノク》」という人物を父として生まれ、高宗の妃となったことで、「閔妃」と称された。だが、彼女自身に固有の名はない。幼名は「チャヨン（玆暎）」ではないかともいうが、確かではない。仮に、そうであっても、幼時にそのように呼ばれていた女である、という事実をさすに過ぎない。

　垂簾《すいれん》聴政という政治がある。王が幼少のときなど、玉座の後ろに御簾を垂らして、幼帝の母（王大妃）や祖母（大王大妃）にあたる女性が、顔を臣下に見せずに、声だけで助言と決裁を行なう。閔妃も、夫の高宗を助けて、御簾の内側から、同様のことを行なった。

声の主には名前がない。

「閔妃暗殺」に際して、王宮に乱入する決行者たちには、容姿がわからぬ閔妃を発見するために、ひそかに撮影された彼女の写真が渡されていたとも言われる。だが、そうであっても、この写真が確かに「彼女」であるという裏付けには、誰もたどりつけない。名前がない、というのは、そういうことでもあった。

咸錫憲は、シェリーの詩、ことに「冬来たりなば、春遠からじ」(If winter comes, can spring be far behind?) というフレーズが好きだと、自伝の冒頭で述べている。好きな英語の言葉は、「レジスト」(resist)、「リヴォルト」(revolt)、「プロテスト」(protest) である、ということも。

中村直人が訪ねたのちにも、この老人はさらに韓国の軍事独裁政権に対して抵抗の姿勢を取りつづけ、一九八九年二月、満八七歳で亡くなった。

仁寺洞の小道に入り、韓国茶を供する店で一服した。かつて李箱が「鶴」という喫茶店を開いて、早々に失敗したのも、この界隈だったはずである。そろそろ、午後三時というころだったろう。

「冷えましたね」

崔さんは、テーブルにつくと、手袋を外し、両手をこすりあわせる。そして、ほっとした表情になり、微笑した。

「――お茶と、おやつにお餅などもいかがですか？」

五味子茶《オミジャ》と、ペッソルギと言うのだったか、甘納豆入りの蒸し餅を食べたように覚えている。

「中村さん」崔さんは、粉青沙器の茶碗を両方の手のひらで包んでいる。日本で言う三島茶碗である。そこから目を上げて、彼女は言う。「中島敦って、お好きですか？」

「ええ。好きな作品が多いです」彼は答えた。「長篇の『光と風と夢』。あれは、晩年を南太平洋の島で過ごした『宝島』の作家スティーヴンソンの話でしょう。ああいうのとか。あと、小笠原諸島に行くときなどに、歌を詠むでしょう。それなども好きです」

「わたしは高校生のとき、教科書で『山月記』を読みました」

「気に入った？」

「どうかな」彼女は軽く首をかしげる。「なんとなくは。虎になる話で」

「……うん」

「『虎狩』というのも書いているでしょう、中島敦は。虎が好きな人なのかな、とか」

彼女の受け答えがおかしくなって、中村は笑う。

「そうだ。……忘れてたけど、あれは京城が舞台だな」

「ほんとうに、虎狩りに行く話」

「うん。当時はまだ朝鮮に虎が棲んでいて、朝鮮人の友人のお父さんが、狩りに連れていってくれるんだね」

「友人は、お父さんが朝鮮人だけど、お母さんは日本人」

「……そうだった。でも、まだ中島敦にとっても初期の作品だったからか、ちょっと構成がわかりにくいよね」

「たしかに。結局、朝鮮人の友人は、突然、姿をくらましてしまうでしょう。軍事教練のとき、上級生からいじめられて、失踪して、それきり消息がわからない。……ひょっとしたら、上海に渡って独立運動に加わったのかも……みたいに受け取れることが書いてある」

「ああ……そうだった。でも、筋から言うと、あそこは一種のフェイントだった。語り手自身は日本人だから、やがて東京のさらに上級の学校に進学する。すると、後日、そこに、朝鮮人の友人の姿が現われる。ちらっと」

「それまでに、けっこう長い年月が過ぎているように書いていましたね。十数年とか。朝鮮人の友人らしき男は、街頭の人通りのなかから現われて、ひとこと何か言うんだけど、語り手にはそれが誰なのか、とっさにわからない。それで、思いあたったときには、もうその相手は市電に飛び乗って、遠ざかっていく」

「……そうだったかな。だとすれば、やっぱり『虎狩』というのは、すごくいい作品だったんじゃないかと思えてくるよ」

「うん」

崔さんは、うなずいて、一人で笑いだす。

「――わたしは、あれが〝虎〟だったんだな、と思ったんです。失踪して、語り手が忘れてしまったころになって、ちらっと姿を現して消えてしまう男が。……日朝混血なんだけど、彼はやっぱり朝鮮人なんですよね。日本人ではない。

中島敦は、それから何年もあとになって『山月記』を書く。あれは虎になる男の話ですよね。『虎狩』の朝鮮人の少年が、そこで〝虎〟になって戻ってくる。つまり、朝鮮人の少年の立場のほうから、同じ話を書きなおしたのが、『山月記』だったんじゃないかな、と思いました」

「なるほど、それはおもしろいな」中村は、すっかり感心して、答えた。「どうして、崔さんは、それに気づいたの？」

「理由、ですか？」ちょっと嗄《か》れた声で、彼女は笑った。「理由はないこともありません。でも、つまらないことです。……とりあえず、いまは、暗くならないうちに、タプコル公園までは行ってしまいましょう」

彼女は、マフラーと手袋をつけはじめ、椅子から立ち上がる。

一九八一年一月、初めて中村が、この「三・一独立運動」の発火点として知られる公園を訪ねたときには、誰もが「パゴダ公園」と呼んでいた。だが、いまでは、「タプコル公園」と呼ばれることが多い。これも、ここ一〇年余りのあいだに韓国で生じた、大きな変化の波の影響だろう。

昔は、ここに仏教寺院があったという。五〇〇年ほど前に廃寺となって、いまは石塔(pagoda)だけが残っている。これが「パゴダ」公園の由来で、つまりはヨーロッパ語による仏教用語なのである。一方、タプコル公園のほうでは、タプ(탑)は「塔」、これに接尾語のコル(골)が付くと、「塔の町」くらいの意味になるらしい。こうした公園名の変更も、日常の言葉をできるだけ自国の固有語に置き換えていこう、という、このところの韓国の社会(政治)風潮の反映なのだろう。

一九一九年三月一日、この公園近くで「独立宣言書」が読み上げられ、ここを発火点として、日本統治下に置かれた朝鮮全土に「三・一独立運動」が広がっていく。

とはいえ、いまは、ひまを持て余した老人たちが、いつもおおぜい集まっている場所、といった風情である。公園脇の路地の陽だまりに床几を並べ、年寄り同士が将棋《チャンギ》の勝負をしている。取り巻いて観戦している人たちも、老人である。店先の路上に並ぶ折りたたみ式のテーブルで、焼酎やビールをちびちび舐めている人たちも。

冬の日差しが翳ってくる。それでも、コートやジャンパーで寒さから身を守り、まだ、多くの老人たちが、この場でがんばっている。ほとんどの人が、地味で質素な出立ちで、これから自宅に帰っても、おそらく、楽しいことなどないのではないか。だから、ぎりぎりの刻限まで、こうやって粘って過ごしている。かつて韓国は老人が大切にされる社会だった。いまは、そうでもない。子どもたちは、深夜まで学習塾。そして、老人たちは、冬の日暮れどきでも、公園や路上で時間をやり過ごす。

三・一独立運動が起こる一九一九年は、その一月から、第一次世界大戦の講和条件を討議する「パリ講和会議」が、三三カ国（英領インド帝国を含む）の参加のもとに開かれていた年である。ここで米国大統領ウッドロウ・ウィルソンが提唱する「民族自決」主義は、朝鮮独立を願う民族意識も刺激した。日本では、これを受け、同年二月八日、作家・李光洙が「宣言書」を起草して、東京・西小川町の朝鮮YMCA会館で三〇〇名の朝鮮人留学生が集まり、朝鮮民族に対しても「民族自決主義」が適用されることを求めた。李光洙は、これの発表に先立ち、すでに上海へと脱出しており、現地の朝鮮独立運動に合流していく。

同年三月一日、京城のパゴダ公園に数千名の学生たちが集まっていた。そして、近くの仁寺洞の泰和館で、歴史家・崔南善《チェナムソン》が起草して天道教・キリスト教・仏教の宗教人三三名が連署した「独立宣言書」が読み上げられる。それは、朝鮮国が独立国であること、朝鮮人が自由民であることを、世界に向けて述べていた。やがて全土にデモ、さらには、長期にわたる暴動が拡大していく。

こうした展開には、同年一月二一日未明、元の朝鮮国王・高宗が、徳寿宮において満六六歳で急逝していたことも関わっている。高宗は死去の当夜遅くまできわめて壮健に過ごしており、これについては、日本による「毒殺」を疑う噂が、たちまち朝鮮全土に広がった。高宗の国葬は三月三日に予定されており、「三・一運動」の急速な広がりは、彼の死に対する、やり場のない憤りを含んでいた。

タプコル公園を離れて、二人は、日暮れた道を南へ、乙支路のほうへと歩いた。かつての日本統治下では「黄金町」と呼ばれる日本人街だった地区である。

崔さんが教えてくれた純豆腐《スンドゥブ》の店で、少し早めの夕食を済ませた。そして、「乙支路3街」駅から、地下鉄2号線で帰路に就く。中村は「市庁」駅で降りる。崔さんは、さらに三つ先の「梨大」駅まで乗っていく。

「では、いまから大学の図書館に立ち寄って、水原での堤岩里の教会への行き方とか、調べておきます。できれば、李根澤子爵邸だった場所も。

明日、朝九時半に、ホテルのロビーにお迎えに行きます」

崔さんが言い終わるのとほとんど同時に、地下鉄の車両は「市庁」駅へと滑り込む。中村が降りると、ドアは閉まり、窓ガラス越しに、シートに座った崔さんが会釈する。車両は、動きだし、闇のなかに赤いテールランプを灯して、吸い込まれていく。

○

韓国での取材行二日目は、バスで水原へと向かう。ソウルから南に三五キロほど。一時間余りの道程であったろう。

ただし、崔美加さんが調べてくれたところによると、堤岩里の教会は、たしかにかつての「水原郡下」ではあるのだが、現在の水原市からはたっぷり二〇キロほど離れている。だから、そこで地元の路線バスに乗り換えて、さらに一時間近くかかるのではないか、とのことである。

一方、水原の李根澤邸については、残念ながら、まだ手がかりを見つけられずにいるという。

水原行き、長距離バスは発車する。

「きのうの中島敦『虎狩』の話。どうして崔さんは、『山月記』との関連まで含めて、あれほど突っ込んで考えたのか？　続きをうかがいたいですね」

蒸し返して、中村は尋ねる。

「ああ、忘れてなかったんですか。残念」

崔さんは目元に笑みを浮かべる。

「――要するに、心当たりがあったということです」

「心当たり？」

「そういうことを考える理由が、わたしにはあった、ということかな、と。

わたしには、兄が一人います。三つ年上。ただし、もう韓国人であることをやめて、アメリカで国籍も取って、米国人になっている。

小学校五年、六年生のとき、彼は同級生たちから、急に『朝鮮トラ』とはやされて、いじめられるようになったんです。寅年生まれで、寅男っていう名前だったから。あと、阪神タイガースのファンだったことも、不利に働いたかも。とにかく、それがもとで、もう学校には行きたくないということになった。だから、親に無理を言って、中学入学の年から、インターナショナルスクールの中等部に移ったんです。そのころは、景気のいい時代で、町工場をやっていた父親も、経済的に余裕があったから。

最初のころ、兄は英語がちんぷんかんぷんで苦労していたけど、家庭教師をつけてもらったりして、どうにか切り抜けた。すると、その環境と水が合いはじめて、高校からはアメリカに留学させてもらった。もう、おれは日本はいやだ、と言って。それで、あっちで大学を出て、医者になって、向こうで付き合ったガールフレンドと結婚して、国籍も取って、カリフォルニアで暮らしています。それなりに裕福でもあるみたい。ですから、こうなったのも、すべて、『朝鮮トラ』なんて言ってはやし立てた、日本のくだらない同級生たちのおかげかもしれないんですけれど」

「『山月記』で草陰から悲しい鳴き声をあげる虎も、あの兄だったんだな、ということかな」

「まあ、そんなところですかね。うちの寅男は、あんなに格調高くないけど」

「『虎狩』で、もう彼のことを忘れかけている語り手の前に、友人である朝鮮人が、ちらっと姿を現わす。あそこが、すごいと思うな」

「そうですね、語り手は日本人なのですから。かろうじて、彼には、その朝鮮人の友人のことが記憶に残っている。古い傷口みたいに」

「それにしても、朝鮮トラ、だなんて。『加藤清正の虎退治』みたいに、ずいぶん古めかしい感じがする。高度経済成長期の悪ガキたちが、よくぞそんな古風な口を利けたもんだなと」

「親たちが、陰でそういうことを言ってるんでしょう。それを聞きながら、その子たちは育つんだと思う」

崔さんは、しばらく車窓の外に流れていく街並みに目をやっていた。そして、視線をこちらに戻して、また話しだす。

「――わたしは、兄が『朝鮮トラ』っていじめられていたとき、小学校の低学年だったんです。だから、ふつうなら、そういう事柄は、まだあんまり記憶に残らない年ごろかもしれない。だけど、よく覚えています。校庭で兄が、何人かの男の子たちに囲まれて、『朝鮮トラ』『朝鮮トラ』って、口々にはやされてたのも。

わたしは、父が四〇代になってからの子どもなんです。寅男でさえ、父が三九のときの子どもなんじゃないかな。朝鮮が日本の植民地だった時代に、一〇代前半で父は日本に来て、ずっと体を使って働いていた。それで、ようやく、もう家族を作っても大丈夫だ、という程度の財産ができたときには、それくらいの歳になってたんだろうと思うんです。父は、日本語も、あんまり上手にならないままでした。だから、まわりの大人たちと、ちょっと言葉が違う。わたし、それが、小さなころから気になっていました。不安なんですよね。そのことが、兄が『朝鮮トラ』ってはやされているのと関係しているって、子どもなりに感じていたと思うんです。

たとえば、父は、『タクシーを乗る』っていうんです。ふつうの日本語だったら、『タクシーに乗る』ですよね。そういうのが、なんか変だな、って。魚の小骨みたいに、自分がしゃべるときにも、言葉が喉のあたりに引っかかる。いま、自分がしゃべってる言葉は、ちゃんと日本語として、おかしくないだろうか、って。知らず知らず、朝鮮人の日本語になっちゃってるんじゃないかと、怯えるところがあった、というか。

でも、大人になって、自分で韓国語を勉強して、少しずつ話せるようになってくると、韓国語の文法だと『タクシーを乗る』で正しかったんだ、と気づいたりする。日本語と韓国語って、文法はよく似てるんだけど、ちょっと違うところがある。わたしが父の言葉に感じていた違和感も、この程度のずれだったな、って思うようになってきました。

こっちに来て、わたし自身が韓国語を習うようになると、『アガシの言葉、ちょっとへんよね』って、よく言われます。たとえば、韓国語だったら、『一〇時になる』じゃなくて、『一〇時がなる』っていう言い方のほうが正しい。話し言葉としてはどうにか通じるんだけど、そういうふうに、正確にはちょっと違うんだけどな、みたいな言い間違いをしょっちゅうしてると思うんです。だから、これは、父のやってきたヘンテコな言葉づかいのなかを、わたし自身がもう一回生きなおしているようなものですよね。

笑っちゃうな、とも思ったりします。もしも、わたしがこっちの社会で子どもを産んで育てることになれば、その子はわたしの言葉を聞いて、不安を覚えながら成長することになるんだなって」

「お父さんは、ご自身の故郷に娘さんが留学していることを喜んでおられますか?」

「いいえ、怒っています」

崔さんは笑った。

「――自分の面倒をわたしに見させるつもりだったんでしょう。ですから、わたしが日本の大学に行くことさえ、反対でした。これについては、母がかばってくれたんですけど。それで、やっと娘が大学を卒業したので、これからしばらくは手元に置いて、自分と同じ慶尚道人《キョンサンドサラム》のムコ探しをしようと、それが父が一人で勝手に決めていた腹づもりだったので」

「お父さんは、まだ、そんなに高齢というわけでもないのでは？　『自分の面倒を見させる』といったって」

「ええ。でも、そろそろ七〇に近づいたので、もう、工場は人に譲っていました。あと、いくらか家作のようなものがありました。ほかに楽しみのない人だから、そういうことについての管理をやるんです。銀行に相談に行ったり、不動産業者と会ったりする。そういうとき、わたしを連れて行きたがるんです。自分の日本語がちょっと変なことは父自身もわかってるし、口が上手な人でもないから。あと、それを理由に、ともかく、娘を手元に置いておきたい、というのが、先に立つのかもしれないけれど」

「だけど、そうすると、娘を手元に置いておきたい、と望むのと、ムコ探しをする、というのとは、矛盾を生じるのでは？　娘が結婚しちゃったら、手元にいなくなるじゃないですか」

「そうなんです」大きくうなずいて、崔さんは笑った。「中村さんが父親だったら、いかがですか？」

「僕には子どもがいないから、よくわからない。想像するのが難しい」

「父は、とにかく保守的なんです。ムコは自分と同じ慶尚道の人じゃないとダメ。在日の男から結婚相手を探そうとしているんだから、これは、その親が慶尚道の人だということです。お見合い相手が三世だとすると、親の親、ですよね。全羅道《チョルラド》の人はだめ。ましてや済州島《チェジュド》の人なんて、論外だと」

「日本人は、どうなんですか？」

「もちろん、だめですよ。チョッパリなんだから。『ウェノム』とか、『チョッパリ』とか、家のなかではいまだに言っていますから。

でも、だめな順位については、ちょっと微妙で、『全羅道人《チョルラドサラム》は、チョッパリよりいかん！』と言ったりもします」

愉快になって、中村は笑った。

「わかりました。あいつはだめ、こいつもだめ、と言って、結局、娘を手元に置きつづけたいんでしょう」

「そういう気持ちもあるのかもしれません。だけど、それ以上に、早く孫の顔を見たい気持ちもあるから」

言いながら、崔さんはまた笑いだす。

「結局、父と仲良くできるようなムコを見つけて、子連れでしょっちゅう実家にも遊びに来てくれるような夫婦にするのが理想なんでしょう。そこは両親が一致するところなんだと思います。

父自身の気持ちとしては、『女が三〇近くにもなってヨメに行かないなんて、なんたることだ』と。『三〇までにはなんとか結婚しないと』って、私を責めるんです。そのためには、とにかくお見合いだ、と。在日同士で」

「それはそれで、きっと狭き門ですね」

「そう。そういう親の言い草に従って生きられるような在日三世って、現実には、もうほとんどいないでしょう。絶滅危惧種なんです。

それもあって、とりあえず韓国なら父も許してくれるだろうから留学しておこう、と。お見合い攻勢を止めるにも、もう、それくらいしか。けど、いよいよ来年二月に修士課程を終えるところで、父は留学生活についても召還命令を出してきて。……だから、やっぱり、困ったもんです」

崔さんは、微笑とともに、少し寂しそうな表情を浮かべ、窓の外に目をやる。

「なかなか、生きにくいですね」

「生きにくいですよ。

あきれるときがあるんですけど、韓国の男って、たとえば『健康』と言ったら、自分の健康のことしか考えないようなところがある。うちの父も、まだ若いうちから、漢方の煎じ薬を毎日飲むんです。お茶ひとつ自分では淹れないくせに、それはやる。すると、家のなか全体に、その匂いがこもるでしょう。それがいやでしたね。ムンムンしてるところが。

そんなことをするくらいなら、母の健康のことも、ちょっとは考えてあげればいいのに、それはないんです。自分だけ。それで、夫婦仲は悪いまま。もう母はそれに慣れきっているから、食事やなんか、すべてにおいて、父の世話はきちんとやる。やりすぎるくらいに。でも、愛情は感じられない。いくらか憐れみのようなものはあっても。それでは、お互い、体にも悪いでしょう？

たまに二人で旅行でもしてきたら、よっぽどお互いの健康にもいいんじゃないかと思うんだけど、それはやりませんね」

「お母さんも、だいたい、お父さんと同世代なんですか？」

「いいえ。ひと回りほど、歳は離れてるんです。それぞれにちょっと事情があって、再婚同士だったらしいんだけど」

崔さんは、前の座席の背もたれの模様に、目を向けている。その瞳に、まつ毛がまばたく。

「――だから、わたしの場合、男の人と付き合ったりするときにも、いっそ、妻子持ちでいてくれるほうが、いいな、って思ったりもします。そうじゃないと、いずれ、結婚という話になる。すると、そこに父が割り込んでくる。母だって、そこだけは、父に同調するところがある。日本人と結婚すると、あとで娘が苦労する、悲しい思いをさせることになるに違いない、という心配が母にはさらに強いから。

わたしは、子どもが好きなんです。だから、子どもをつくって、育てられたらいいなと思います。だけど、うちの場合、そういう世間で当たり前のことが、なぜだか、なかなか厄介で」

こちらを向いて、崔さんは笑ってみせる。

高速国道は、丘陵地から家並みのなかに降り、走っていく。

水原の町なかをほうぼう歩いてみた。だが、李根澤の屋敷跡にたどり着くことはできなかった。崔さんが、行く先々で土地の人に尋ねてくれるのだが、「李根澤」という人物自体、いまとなっては、ほとんど地元住民の意識にも残っていないようだった。昼食を済ませ、地元の路線バスで、現在では水原市の市外になるという「堤岩里」のバス停をめざすことにした。

湯浅克衛のデビュー作となる「カンナニ」（一九三五年）は、水原の李子爵邸駐在の巡査の息子・龍二と、同邸の門番の娘・カンナニの幼くも痛切な結びつきの話である。周囲の日本人の悪童たちから、彼らは、しきりと関係をはやし立てられるが、離れない。

　夏の大嵐のあとの洪水。作物も、人も、家畜も、家屋までもが、氾濫する濁流に押し流されていく。二人は、危険を顧みずに町のあちこちを動きまわって、夢中でその様子を眺める。

　朝鮮人の女児に対する、日本人の悪童たちの襲撃。悪ふざけの域を越え、そこに性的な嗜虐性が加わる。股間に小枝を突き立てられ、悲鳴と泣き声を上げる少女。足首に垂れ下がった下穿きをばふばふさせながら、狂ったように山の斜面を駆け下って逃げていく。その姿は、龍二の胸にも、かさぶたを剝がれるような傷を残す。〔ここから先、話が「三・一独立運動」に及ぶ「カンナニ」後半部分は、初出誌「文学評論」一九三五年四月号では、その旨の断り書きを付して、削除されている。だから、戦後の一九四六年刊行の単行本『カンナニ』によって、以下の後半部分は初めて読むことができるようになった。〕

　一九一九年の三月一日、龍二の父は、李太王（高宗）の葬儀の警備のため、京城へと出張していった。だが、元の国王を哀悼する群衆の泣き声は、やがて「朝鮮独立万歳」との声に変わっていく。

　水原の李子爵邸の門にも、群衆の投石が降り注ぐ。彼が「韓国併合」へと道を開いた「乙巳五賊」の一人とみなされているからである。龍二の父が、京城での警備から、ようやく水原に戻ってきた。初めのうち彼は警官の制服を着ていたが、翌日には普通の詰襟、さらにその後は朝鮮服に着替えて、この町に広がる動乱の警備に出向くようになる。サーベルを持つのもやめ、ピストルを身に帯びるだけにした。そうやって、民間人を装い、騒ぎに巻き込まれて殺されそうな人びとを救っていた。警官であることがわかると、群衆の反感を買い、かえって危険なだけだった。

日本の警察の上司に、罪もない朝鮮人を試し斬りのように殺してしまう者がいることに歯ぎしりして、父は、この事件が片づいたら、もう警察はやめる——と言うようになった。

龍二とカンナニは、山に登り、雪の谷を二つばかり越えていく。遠くの丘の上で教会堂から火の手が上がっているのが見えた。——焼き殺されている人たちがいるのではないか——と、二人は考える。

父の同僚の巡査部長は、警備に出向いた先で、群衆が何もしないうちに恐怖心に駆られてピストルを撃ち、これがもとで投石を浴びて、ぺしゃんこに潰れたような姿で死んでしまった。

こうした混乱が続くなか、ある夜明け前、カンナニの父親が、娘が帰らないと言って、捜索を頼みにくる。父は、「もう警察はやめだ」と言い置いて、龍二を伴い、雪の降りつづく野に、カンナニを探しに出る……。

「堤岩里」のバス停に降り立った。冬枯れの畑地の脇である。

崔美加さんが、ガソリンスタンド脇の公衆電話から、教会に電話を入れてくれた。牧師自身がクルマで迎えにきてくれるという。寒風のなか、しばらく待つと、泥だらけのライトバンが走ってきて、目の前で停まった。頭頂部の薄くなった作業着姿の五〇年輩の男が運転席から降りてきて、自分が牧師なのだ、と名乗った。

牧師は、崔さんには快活に挨拶していたが、中村に対しては怪訝そうな視線をちらっと送っただけである。助手席に崔さん、後部座席に中村を乗せ、運転席の牧師がハンドルを切り、ライトバンはふたたび走りだす。

崔さんは、来訪の用件をかいつまんで牧師に説明してくれている。湯浅克衛という「日帝時代」の水原で育った日本人作家が、「カンナニ」という三・一独立運動を時代背景とする作品をかつて書いていること。主人公たちが住んだと擬せられる李根澤邸の跡地をいましがた水原で探してきたけれど、見つけられなかった、ということも。

すると、牧師は、バックミラー越しに、中村のほうに視線を向けた。そして、鋭い口調で、ひと言ふた言、崔さんに何か言った。

「『そういうことをするものではありません』と、牧師さまはおっしゃっています」

崔さんは、助手席から半身をひねって、中村のほうに向きなおり、通訳してくれた。牧師はまたふた言ほど、さらに崔さんに付け足した。彼女は、うなずいて、くすっと笑い、通訳を続ける。

「――牧師さまが、『日本人といっしょに、日帝時代の痕跡を探してまわるなんて、褒められた行為ではない』と、おっしゃっています。『この人は、まるでオレンジ族じゃないか』とも」

「オレンジ族？」

中村は、彼女に訊き返す。

「ここしばらく、ソウルの江南あたりで流行したんです。高級マンション暮らしのお金持ちの坊ちゃんたちが、おしゃれして、最先端のブティックやカフェで遊ぶ。手にオレンジを持って、女の子たちに誘いのサインを送るとか。中村さんみたいに、髪を染めた男の子が多い、とされています」

実際、そのときの中村は、前髪を金色に脱色していた。これが、現地の牧師からいっそうの不信を買う原因となっていたらしい。

オレンジ族の風体をしたニッポン人が、在日僑胞の可憐な通訳を伴い、三・一独立運動の聖地を物見遊山する。それはいかん、と考える人は当然いただろう。この牧師さまも、そういう意見らしいのだった。

ライトバンは、急な坂道を上がっていく。小さな教会堂が見えてきた。そこでクルマを降り、お堂の裏手に回ると、枯れた芝を丁寧に刈り込んだ、大きな土まんじゅうがあった。一九一九年四月一五日、ここの教会堂に、日本人によって閉じ込められた上で、銃弾を浴びせられて殺され、お堂ごと焼かれてしまった二三名の殉難者が祀られているとのことだった。

牧師によると、日本軍による虐殺を受けたあと、ここの教会は荒廃するにまかされた。多数の死者を出したことで、付近の土地は村の人々から忌まれ、信者の数はいちじるしく減少した。この牧師が、一九六〇年代に初めて堤岩里を訪れたとき、地元の信者は六、七人だけだったという。

牧師一家の居室に招じ入れられると、四〇歳くらいの小肥りな男が、そこにいた。牧師が戻ってくるのをここで待っていたらしい。教会に備品を納入する業者だそうで、さっそく、牧師と手形のやりとりを始めた。崔さんの通訳を介して、おそるおそる、中村が牧師に教会の来歴について質問していると、横合いから、我慢しきれない様子で、この業者の男が口をはさんだ。

「この牧師さまは、いっこうにおっしゃらないけれども、ここの教会は、十数年来、この人ご自身がすべてを投げ打って、再興されてきたのですよ」

さらに付け加えて、

「――おかげで、この人は貧乏なままだけれども、ご覧の通り、教会に関するものには金払いがいいんです」

牧師と彼は、声を合わせて笑った。

中村は、彼らに、もう一つ、尋ねておきたいことがあった。

湯浅克衛「カンナニ」では、夏場の大雨で、水原の町なかの川がすさまじい洪水を起こす。何もかもを容赦なく押し流していく川の描写は、朝鮮社会の歴史そのものを映すようでもあり、作品中の一つのクライマックスをなしている。この川が町のどこを流れているのか、確かめたいと考え、水原の市街地を歩きながら気をつけていたのだが、それらしい流れを見つけることができなかった。

あの川は、どこにあるんだろうか？

これについても、備品業者の男が答えてくれた。

「わたしは、子どものころからずっとこのあたりに住んできましたが、水原周辺に、そんな川はありません。ただし、このあたりは、夏の大雨ごとに、周囲の山が土砂崩れを起こすんです。きっと、その日本人の作家は、子ども時代に目にした土砂崩れによるすさまじい光景を、洪水の川のように覚え違えていたんじゃないでしょうか」

夕刻、水原の市内に戻ると、水原華城の優美な曲面をなす石垣の城壁に、赤く陽光が当たっていた。しばらく、見とれながら佇むうちに、巨大な城壁は、年の瀬が迫る夕闇のなかに、やがて少しずつ沈んでいく。

○

その夜、中村は、市庁前のホテルの部屋で、持参していた一九世紀英国の女性旅行家、ビショップ夫人ことイザベラ・バードの『朝鮮紀行』(*Korea and her neighbours*)を読みなおした。彼女は、一八九四年から九七年にかけ、四度にわたって朝鮮旅行を行なっている。そのさい、高宗と閔妃の国王夫妻とも、じかに親しく対面を重ねて、ここに記録した。つまり、彼女は、簾《すだれ》などはさむことなく閔妃と向きあい、お互いの姿形をまじまじと見つめあって会話をした、数少ない人物の一人なのである。

日清戦争下の一八九五年初頭、イザベラ・バードが王妃・閔妃から初めて招きを受けたとき、彼女は満六三歳。壮健な旅行者ではあったが、当時としてはすでに高齢である。漢城現地では、市中の中心部、貞洞にある英国総領事ヒリアーの公邸に滞在している。国王夫妻との謁見に同伴するのは、王妃の侍医で、個人的にも親しい関係にある米国人医療宣教師のアンダーウッド夫人(リリアス・ホートン)だった。総領事の手配でイザベラ・バードは担ぎ手八人の官用の輿に乗り、公使館衛兵に周囲を警備されるという隊列で、国王夫妻が暮らす景福宮の王居まで、およそ二キロの道のりを出向いていく。

王居・乾清宮の中庭に着くと、宮廷通訳官、数人の宦官、二人の官女、王妃の乳母である年配の尚宮（高位の女官）に迎えられた。まずは、簡素な部屋で、コーヒーとケーキのもてなしをうけた。国王一家をめぐる食生活の場に、「コーヒー」がすでに定着していることは重要である。

高宗一家にコーヒーを楽しむ習慣をもたらしたのは、一八八五年に漢城に着任するロシア代理公使兼総領事カール・ヴェーベルの縁戚、ソンタク女史（アントワネット・ソンタク）だったと言われている。彼女は、普仏戦争でフランスからドイツに割譲されたアルザス＝ロレーヌに生まれ、血統はフランス人、国籍はドイツ、活動の舞台は帝政ロシアで、独身だった。そのためヴェーベル夫妻と同居していたところに、彼の漢城着任の運びとなって、朝鮮に同行した。彼女は、ロシア語、フランス語、英語に加えて、朝鮮語も上達し、当時の宮廷周辺、各国外交官らの社交界で広く知られる存在となった。ソンタク女史は、その後、宮廷の外国人接待係に就任し、西洋式の食器、室内装飾品などの調達も引き受けて、王宮内の調度の洋式化にあたったという。これらは、やがて高宗がロシアとの結びつきを深めていく上でも、下地をなした。

イザベラ・バードが王宮に招かれたさいには、食事も西洋式に見事に調えられたものが出た。スープ、魚、鶉、真鴨、キジ、詰め物をした牛肉のロール、野菜、クリーム菓子、クルミのグラッセ、果物、ボルドーの赤ワイン、そしてコーヒー。閔妃の乳母をつとめる尚宮が宮廷通訳官を従えて上席につき、宮中に仕える女性ら何人かが同席して、ゆっくりと食事をとる。そのあと、通訳だけが同行して、小さな謁見の間に通された。

謁見の間の片側に高座があり、深紅のビロード張りの椅子三脚を後ろに、国王、王太子（世継ぎの王子、この年の「内政改革」で「王世子」から名称が変わる）、王妃が、立っていた。アンダーウッド夫人がイザベラ・バードを紹介すると、三人は腰を下ろし、彼女にも椅子に掛けるように勧めた。

王妃・閔妃は、このとき満四三歳。黒髪に白い肌、華奢な美しい女性だった。眼差しは、落ち着いて鋭く、聡明な人だとわかる。ひだをたっぷりとった長裳、深紅と青の紋織の胴着。興味のある話題になると、表情がきびきびと動き、輝きを増した。

国王・高宗は、背が低く顔色も冴えず、髭を蓄えているが平凡な人に映る。だが、愛想がよく、人の好さが感じられる。言葉に詰まると、王妃が助け舟を出した。王と王子は、キルティングの白いズボンに、白い絹のチュニック、さらに、淡い緑のチュニック、そして紋織で濃い藍色の袖なしの長衣。帽子と毛皮で縁取ったフードをかぶっていた。

王子は、肥満体で、誰の目にも障害があるらしいことがわかった（he produced on every one as on me the impression of being completely an invalid.）。王妃は、この一人息子の様子にたえず気をもみ、謁見のあいだ、ほぼずっと母と息子は手をとりあって座っていた。国王は、閔妃より一歳年少。王子は、まもなく満二一歳になろうとしていた。

イザベラ・バードが、宮殿内の美しい池の写真を撮らせていただけませんか、と願いを述べる。すると、国王はただちに「池に限らず、何度でも来て、いろんなものをお撮りなさい、世話役たちもつけてあげよう」と答えてくれた。

その後も、三週間ほどのあいだに、さらに三回、国王夫妻と謁見した。二度目は、前回と同じくアンダーウッド夫人といっしょに。三度目は、正式なレセプション。二度目は、さらに厳格な内々の面会で、一時間を超えるものだった。四度目は、国王と王妃は、英国女王と内閣の関係、特に王室費の扱いかたなどについて、矢継ぎ早に熱心に質問した。だが、立憲君主制の概念になじみのない国王に、宮廷通訳官を介しながら、それについて説明するのは難しかった。

朝鮮を発つ直前、別れの謁見の呼び出しを受けたとき、イザベラ・バードは英国公使館の通訳官を同行させる許可を得た。景福宮の境内に入り、王居の乾清宮に到着すると、屋根のあるベランダのところで、王みずからが戸を開け、彼女をなかへ促し、素早く戸を閉めた。

この日は人を払い、高宗と閔妃、イザベラ・バードのほかには、王妃の乳母と通訳官しかいなかった。通訳官は、王妃の姿が見えない場所に立ち、深々と身をかがめ、目は始終伏せたまま、小声で通した。それでも、開化派の閣僚の間諜を働く人影らしきものが、近くに出入りすることまでは防ぎきれない。だから、通訳の声はいっそう低くなる。こうして謁見は、一時間以上にわたって続いた。

最後に暇乞いを告げると、国王夫妻は立ち上がり、王妃とイザベラ・バードは握手を交わした。また、もっと朝鮮を見るために戻ってきてほしいと、国王夫妻は思いやりのこもった言葉を彼女にかけた。

閔妃って、どんな人だったのか？

イザベラ・バード『朝鮮紀行』のように、彼女の面影を具体的にとらえた証言は、ほかにない。けれども、いまは、この本をいったん脇に置き、中村は考えはじめる。

――高宗が満一一歳で王座に就いたとき、朝鮮は、まだ科挙制度の国だった。王たる者は、統治者としての「聖学」を身につけなければならない。ただちに、彼に対するご進講（講筵）のプログラムが組まれて、対面式の授業が始まる。四書五経などの古典にもとづく、閣僚、官僚たちによる講義である。朝鮮では「科挙」の試験に合格した者だけが、しかるべき学識を身につけた者として官吏に任用され、出世の階梯を昇っていく。つまり、日ごろ幼帝・高宗を取り巻く勢道政治（外戚や権門一族の有力者が内政を壟断する状態）の中心人物たちも、みな、「科挙」を通過してきたひとかどの知識人であるわけで、彼ら自身がときに講義担当者（講筵官）となって高宗の前に現われる。

この点、日本では、明治天皇が年少のころに近侍した岩倉具視、あるいは西郷隆盛、さらに若い世代の伊藤博文といった面々が、かと言って天皇へのご進講役まで担う、という常識はなかった。高宗と明治天皇は同年だが（ともに一八五二年生まれ）、そのあたり、両地の「政治家」ないし「官僚」像には明らかな違いがある。

幼帝・高宗は、当初、王たる者として民生の安定などを願いつつ、若年ながら熱心に講義にのぞんでいたことが、記録からうかがえる。利発で、正義感も強い少年だった。ところが、講筵官らは型通りの講義に終始するだけで、現実の改革などについて質問しても、ほとんど関心さえ示さない。次第に、こうした授業に対する高宗の熱意も薄れていく。宮廷の環境は、彼をして、さらに優れた王へと導くところがなかった。むしろ、ほどほどの愚帝であることを求めるかのような、腐敗と誘惑の温床として働いた。

高宗は、満一三歳で閔妃と結婚。だが、それから数年のあいだは、彼女と馴染もうとしなかった。そこには、この結婚をもたらした周囲の思惑への反発、警戒心も、働いていたのではないか。

その数年、若き閔妃は、空閨に一人残されながらも、『春秋左氏伝』などを愛読し、自身の思慮分別を築いていく。一方、若き高宗は、相次ぐ外国船の来航など、国家的な多難の時期を迎えており、実父たる大院君らの手もとで、いわば実地的政治教育の荒波に揉まれて育っていく。こうした数年をそれぞれに経た上で、高宗と閔妃は、彼ら自身の和合のときを迎える。

一八七三年、満二一歳に達した高宗が、親政を宣布。大院君による摂政を排して、みずから政治にあたりだす。閔妃だけを助言者に、統治者としての自立を図ったわけで、大院君と閔妃のあいだの熾烈な対立も、ここから始まる。世継ぎの王子、のちの純宗が誕生したのは、その翌年のことだった。

——イザベラ・バードが、高宗、閔妃の朝鮮国王夫妻と最後の会見をしたのは、一八九五年二月。

まもなく、イザベラ・バードは朝鮮を離れ、清国の華中、華南を旅して、夏は日本で過ごした。そして一〇月、長崎で朝鮮王妃暗殺の噂を耳にする。すぐに彼女は朝鮮に渡り、済物浦(現在の仁川)から漢城に入る。

閔妃暗殺は事実だった。そして、国王・高宗は、居城である景福宮で、実質においては囚われの身となっていた。

○

一九九四年一二月一五日。

日本帰国を翌日に控えた、ソウル取材の最終日だった。やはり、この日は、高宗が閔妃亡きあとの後半生を過ごした徳寿宮界隈を見ておくことから始めようと、中村は考えた。意向を崔さんに伝え、まず、徳寿宮を起点に、そこから、貞洞と呼ばれる地区一帯を歩いてみることにした。

高宗の在位当時、徳寿宮は、まだ旧称の「慶運宮」だった。一九〇七年、高宗が退位するに際して、世継ぎの純宗が、父たる前帝の長寿を願う意味を込め、「徳寿宮」という宮名に改める。

崔美加さんは、この日も朝九時半、ホテルのロビーに来てくれた。毛糸の帽子、手袋、コートの下にカシミアのマフラーをつけ、外に出ると、「きょうは、いちばん寒いですね」と、朝の光に切れ長な目をほそめ、白い息を吐いていた。

大通りの太平路を向かい側に渡る。そして、大漢門から、徳寿宮の境域に入った。中村にとっては、これが初めて目にする徳寿宮の景観だった。

中和門のむこうに、瓦屋根が心持ち反り返る正殿の中和殿を望む。公式の宮中行事などは、ここで行なわれることになっていた。

向かって右手奥に、高宗が寝殿とした咸寧殿。退位後、「韓国併合」を経てからも、彼は徳寿宮で暮らしつづけて、一九一九年、この建物で亡くなった。

高宗がお気に入りの「カフェ」のように使ったという静観軒は、その奥に建っている。ロシア人建築家の設計で、広いテラスを備えていた。ただし、一九〇四年四月に大火が生じて、これらの諸殿閣は大半が焼亡した。その後、二年足らずのうちに非常な速度で再建、復旧がなされる。一国が滅亡に瀕する時期に、こうした大工事を相次ぎ行なうことは、乏しい国庫への負担をさらに加えたはずである。

徳寿宮本宮の境域から小道をはさんで西側には、重明殿という地上二階、地下一階建、レンガ造りの帝室図書館も建てられていた。一九〇四年の大火後、高宗は、正殿、寝殿の再建が成るまで、この建物を転用して執務や起居に用い、外国使節団などとの謁見もここで行なった。

イザベラ・バードが、朝鮮の漢城を再訪し、王妃・閔妃の暗殺と、国王・高宗が景福宮に幽閉同然の状態に置かれていることを確かめるのは、一八九五年一一月初旬ごろである。このとき、高宗を囚われの身としていたのは、日本公使館の援護を受けて政権に返り咲いた大院君と、その配下にあった親衛隊などだった。

それから三カ月後、高宗は、景福宮をひそかに脱出する「露館播遷」を敢行する。

一八九六年二月一一日、早朝――。

この朝、四三歳の高宗とまもなく二二歳を迎える王太子（世継ぎの王子、のちの純宗）は、景福宮内の王居、乾清宮を軽装のまま徒歩で出発。王太后（先々帝・憲宗《ホンジョン》の継室、孝定《ヒョジョン》王后）、王太子妃は、数名の女官および武官に守られながら、一団となって、王宮の北門である神武門に向かった。王妃・閔妃は、もういない。いまや高宗自身の家庭といえば、これだけの顔ぶれなのである。神武門では、腹心の李《イ》範晋《ボムジン》、李《イ》完用《ワニョン》、李《イ》采淵《チェヨン》らと、五〇名ほどのロシア兵が待機していた。

彼らは、王とその家族であることを示すものは何も携えていなかった。そのようにして、およそ二キロの道のりを女たちは輿、王と王太子は徒歩で静かに進んで、やがてロシア公使館に到着した。高宗と王太子は、別室に導かれた。王太后と王太子妃は、やがてここを出て、近くの慶運宮へと移動する。ロシア公使館から慶運宮へ向かうには、坂道を下って、右手に米国公使館、左手に英国公使館を見ながら、石塀にはさまれた小道を一〇〇メートル余り進むだけである。

「露館播遷」という出来事自体は、たったこれだけの物静かな動きに過ぎなかった。だが、それは、王その人が丸腰で決行する異色のクーデタでもあった。これにより、閔妃暗殺でロシアから日本に奪い取られた朝鮮内政をめぐる主導権は、再度、ロシアのもとへと振り戻される。高宗自身、それをよく承知した上で、こうした行動を取っていた。

一行がロシア公使館に入ると、時を置かず、漢城府内の各所には、国王・高宗による次のような告示が貼り出された。

《目下我国変乱断えず、之を要するに、乱臣賊子の蔓延による。朕故を以て茲《ここ》に露公使館に臨御し各国使臣の保護を受く。然れども、汝有衆決して騒乱する事なく各々其業に安んじ而して禍乱の張本人たる趙羲淵《チョウィヨン》、禹範善《ウボムソン》、李斗璜《イドゥハン》、李軫鎬《イジノ》、李範来《イボムネ》、権濴鎮《クォンヨンジン》等を斬首して露館に来り朕の観覧に供せよ。》

——このところ国が乱れているのは、裏切者の臣下たちがはびこっているからである。私はわけあってロシア公使館に身を寄せるけれども、皆は騒がず落ちついて、それぞれの持ち場で過ごしてほしい。そして、閔妃暗殺に手を貸した者どもの首を斬って、私のもとに持参せよ——と呼びかけたのである。ここで名指された者たちは、こののち、おおむね日本へ逃げていく。

日本と提携しながら漸進的な近代化路線を取ろうとしていた総理大臣の金弘集《キムホンジプ》、同じく農商工部大臣の鄭秉夏《チョンビョンハ》は、露館播遷の知らせに、ただちにロシア公使館まで足を運んで王に謁見しなければ、と考える。だが、もう遅かった。彼らが景福宮の正門、光化門を出ると、高宗の告示を見た群衆が詰めかけていた。

鄭秉夏は、輿を捨てて警務庁に逃げ込もうとしたが、たちまち群衆に取り囲まれて、撲殺された。金弘集が輿から降りると、王宮警備の日本兵数名が駆け寄り、日本兵守備隊衛所に避難することを勧めた。だが、彼はそれを断わる。こうして金弘集も群衆に撲殺され、遺体はぼろ布のように市中を引きまわされた。度支部大臣をつとめた魚允中《オユンジュン》も、二月一七日、京畿道龍仁へと逃げるところを群衆に殺された。こうして、ロシア公使館にとどまる高宗の下では、親露・親米派が、一気に多数を占める。

それからおよそ一年間、高宗は世継ぎの王子とともにロシア公使館内で起居した。そのあいだに、これまで古びるに任されていた慶運宮の諸殿閣の再建、修復を進め、翌九七年二月には自分たちもここに移り住む。

この年、一八九七年一〇月には、朝鮮の国号を「大韓帝国」と改めた。日清戦争での日本の勝利（一八九五年）によって、朝鮮が清との宗属関係を解消し、自主独立の国家となったことを内外に誇示しようとするものだった。つまり、慶運宮の復興と造営は、高宗にとって、「大韓帝国」皇帝への即位に至る階梯だったとも言えるだろう。

　崔美加さんと中村は、徳寿宮の南側の道を西に向かって、石塀づたいに歩いた。こうして徳寿宮の外郭をまわりこんでいく小道は、石塀道《トルダムキル》と呼ばれている。この「貞洞」界隈は、高宗がここを宮居として暮らしだしたころ、すでに外国公館、教会、ミッションスクールなどが民家と混在する、独特な街区として知られていた。片や、日本公使館は、当時、ここからずっと南に離れた日本人町、南山にあった。

　左手に貞洞第一教会のレンガ造りの建物が見えてくる。

「朝鮮で最初のプロテスタント教会です。メソジストの」

　崔さんが言った。

「――パイプオルガンがあるのが有名で、これも朝鮮の教会で最初のものだったそうです。三・一運動のとき、このパイプオルガンの陰で独立宣言を印刷した、っていう伝説のような話があります。三・一運動でつかまって、西大門刑務所で殺されてしまう柳寛順《ユグワンスン》っていう女学生がいたでしょう。彼女も、ここに隠れていたことがあった、とか」

「なぜ隠れてたんですか？」

「それは知りません」白い息を吐き、彼女は笑った。「たぶん、彼女が梨花学堂の生徒だったからでしょう。ここのすぐ先、いま、梨花女子高等学校になっているところです。そこから派生した伝説なんじゃないでしょうか」

　ソンタク女史が営むソンタク・ホテルがあったのも、この付近だそうである。一八九五年、高宗は、彼女に対して、この場所に、住宅付きの二〇〇〇坪ほどの土地を提供していた。そこは、ソンタク女史が切り盛りする「貞洞倶楽部」という社交場となって、界隈の外交官たちで賑わった。そして、一九〇二年、彼女はここに二階建ての洋館を建てる。「ソンタク・ホテル」と呼ばれて、二階は王室関係の貴賓のための客室、一階は客室、食堂、会議場などといった造作だった。

　一九〇五年一一月、日本による大韓帝国の「保護国」化を決定づける第二次日韓協約締結の交渉にあたっては、協議を先導する特派大使の伊藤博文も、同月九日以来、この「ソンタク・ホテル」に滞在し、ほぼ筋向いにある慶運宮内の重明殿に通って、高宗たちとの談判を重ねた。反対に、大韓帝国内閣の大臣および元老たちを「ソンタク・ホテル」に招いて、協議の妥結を働きかけることもあった。大臣のなかには、のちに、これの締結に賛同した人物として「乙巳五賊」の汚名を受けることになる内部大臣・李址鎔《イジヨン》、法部大臣・李夏栄《イハヨン》、学部大臣・李完用《イワニョン》、農商工部大臣・権重顕《クオンジュンヒョン》、ならびに軍部大臣・李根澤《イグンテク》らが含まれる。

　このうち李根澤は、のちに湯浅克衛「カンナニ」で、隠棲する水原の屋敷が舞台となる人物である。高宗の臣下には、協約締結反対を明言する者も少数ながらいた。だが、李根澤は伊藤の求めに同調する意見を述べ、後世の批判に裏づけを与えている。

　午後、セムナン路を鍾路のほうへと、東をさして歩いている。

「崔さんには、閔妃という人物、どんなふうに見えますか？」

　中村が訊く。

「……難しいです。閔妃は、幼いうちに父親を亡くして、後ろ盾がなかった人でしょう。男のきょうだいがいなかったので、閔升鎬《ミンスンホ》という人が一族から養子に入って、この家系を当主として継いでいるんですよね。幼い閔妃にとっては、ふた回りほど歳の離れた義兄で、この人だけが頼りなわけです。一方、この閔升鎬という人は、血筋からすると、興宣大院君の妻、つまり高宗の母の弟なんです。だから、その点で閔妃は、大院君に対して、とても立場が弱いはずの人なんですよね。

　興宣大院君としては、こういう立場の弱い少女を王妃に据えれば、息子の高宗のこともいっそう御しやすいだろう、という計算があった。ところが、閔妃は、思っていた以上に頭がよく、肚も据わっていて、この舅に逆らいはじめる。だから、こじれますよね。大院君からすれば、飼い犬に手を噛まれたってことになる。

でも、朝鮮の女は、そこに至るまでの身の振り方を、自分ではまったく選ばせてもらえない。だから、いいも悪いも、閔妃としては、そうやって開き直って生きるほかなかったんじゃないかな」

「興宣大院君は、大衆に人気があったらしいですね。王族ではあるけど、傍系で、貧しかった。だから、街に出て、ごろつきみたいな人たちともつきあって、安酒場で酒を飲んだりして、世間を知っていた。庶民的で、男っぽい。だから、しゃべることも面白いし、弁が立つ」急に思いついて、中村は付け加える。「田中角栄みたいな人だったのかな」

「そう思います」

まじめな表情で、崔さんはうなずく。

「——反対に、閔妃のほうは、どんな人だったのか、ほとんど伝わっていませんよね。街に出ることもない。庶民は彼女のことを何も知らないし、彼女も庶民を知らない。関心もなかったんじゃないかと思えて、そこが気の毒にも感じます。

ただ、子どものことでは、必死だったと思うんです。王妃って、世継ぎを産むことだけを求められている。なのに、産んだ子どもは次つぎに死んでしまって、一人しか育たない。その子も弱かった。だから、なんとか、世継ぎ候補のライバルたちの芽を摘んで、無理にでもこの子に王位を継がせなくちゃならない。

もともと自分自身が、後ろ盾のない境遇で育ったのに、さらに爆弾テロで義兄を殺され、生母を殺され、つねに自分の命も狙われている。血を分けた身内は、体の弱い王子ひとりしかいない。最後に殺されるとき、息子の名前を三度叫んでいたという証言もあるんだそうです。それまでには、彼女自身も、たくさん、ひとの命を奪ってきたんだけれど」

世宗路を横切り、巨大な李舜臣《イスンシン》の銅像を左手に見て、鐘閣のほうをさして歩いていく。

午後の遅い時間、南北に走る大学路から東にそれて、梨花荘のほうに向かう坂道を上っていった。大韓民国初代大統領をつとめた李承晩の旧宅である。

「あそこです、梨花荘は」崔さんが、かなり距離のあるところから、指さして中村に教えた。

「李承晩は米国での亡命生活の長かった人で、夫人のフランチェスカはオーストリア人ですけど、母屋は韓国式のものなんです」

二人は、そこには寄らずに、さらに駱山のほうを目指し、坂道を上っていく。

すでに冬至に近く、ソウルの夕暮れは早い。青味を帯びて薄れていく日差しに、坂道は徐々に細くなり、あちらこちらで枝分かれし、さらにうねうねと上っていく。朽ちかけたアパート棟、ブロック造りの粗末な家屋のあいだを抜けていく。

「中村さん」

「はい」

「中村さんは、結婚したことがありますか？」

「あります。いまもしています。どうしてですか？」

「結婚は、どういうものなのかなと。うまく想像できないんです。もし、普通の日本人に生まれていたら、わたしにとって、どういうものになったんだろうか、ということも」

「そんなに違うのかな」

「違うだろうと思うんです。きのうも少し話したように」

「僕について言うと、望んだ相手と結婚したけど、何年か過ごすうちに、難しいなと気づくようになりました。実は、これから日本に帰ったら、具体的に離婚の条件の話し合いをすることになっているんです。子どもがいないので、それほど込み入った話ではなさそうなんですが。でも、話はしないといけない」

「そうですか……」

「崔さんだって、日本で暮らしているあいだは、日本人の相手を好きになったりもするでしょう？　在日韓国人だけを見分けて生きるわけにもいかない」

「踏み込み過ぎないようにしてきました。両親のことなども思うと。あの人たちの気持ちも、わからないわけではないですから、できれば、そこで衝突はしたくないなと」

「踏み込まずに恋愛することってできますか？」

「どうなんでしょう。そこのところで、わたし自身に実感が伴ってないんです」

「両親よりあなたは長く生きるんだから、自分の気持ちにかなった相手を選ぶのは、しかたないじゃありませんか」

「そう思います。ただ、力仕事で働きつづけて、指の骨まで変形した父の手を見ると、この人たちが経験した歴史をなかったことにはできないと感じてしまう」

「お母さんは、どうなんですか」

「母には、もっと複雑な感じを受けます。母は、わたしには、父に合わせ過ぎなくていい、と言います。でも、日本人と結婚したりすると、絶対に娘が不幸になる、っていう恐怖心は、たぶん母のほうが強い。


母は若いころ、短い期間だけど別の結婚をしたことがあるそうです。その相手は、北朝鮮に帰ることをすでに決めていながら、母に言わずに結婚したのですって。それで、結婚してから、自分たちはいっしょに『北』へ帰るんだ、というふうに、母に伝えた。だけど、いよいよ新潟から帰国船に乗るとき、母はどうしても決心がつかずに、自分だけ日本に残って、そこで別れた。

父のほうも、やっぱり再婚で」

「でも、だからって、それがお母さんが日本人との交際に反対する理由にはならないのでは?」

「ですよね。娘だけが、自分たちのつらい記憶から遠ざかっていってしまうのも、母には寂しいのかな」

そこまで話して、崔さんは笑う。

「――まあ、だから、母や父のヤキモチなんじゃないか、と思ったりもするんです。わたしだけが、日本人の社会で、わだかまりもなく、すいすい泳ぎまわるのは許せないのかなと。だけど、やっぱり、これが差別というものがもたらした現実でもあると思うんです。相手はそうは思っていなくても、母は警戒している。そういう傷を受けてきたんでしょう。だから、娘にはそういう思いをさせたくないと。普段は、母はそういうところを人には見せません。でも、日本人への憎しみが、残ってるんだと思います」

丘陵地の斜面に形成される貧しい家並みをタル・トンネと呼ぶのだという。月《タル》に近い町《トンネ》である。細い路地、互いに重なりあうような軒のあいだをすり抜け、話しながら坂道を上り切ると、突然、眺望がひらけた。駱山の稜線の頂きで、見晴らしのいい小ぢんまりした公園となっていた。

夕闇のなか、かつて「漢陽《ハニャン》」と呼ばれた古都の輪郭を形づくる石積みの城壁が、上り下りする稜線に沿い、彼方までうねうねと続いていく。丘陵の東の頂点が、この駱山。ここから、北の北岳山、西の仁王山へと連なって、やや孤立して南の南山と、四神相応の領域をなしている。

日没したばかりのソウルは、はるか眼下で、銀色に輝いている。かつての城郭都市は、いまは近郊一帯へと数十倍に広がって、空とのあわいに消えていく。左手遠くに、南山山上のソウルタワーが橙色のライトアップに浮き上がり、右手の遠方には、北漢山の岩肌が、沈んだ赤色の残照を映している。正面の旧市街、鍾路から明洞あたりの中心部は、高層のビルディングが隙間なく密集し、ひときわ明るく、白銀の巨大な船のようだ。

紺色の空が近い。

地球という星の上に、光の街が浮かぶ。崔さんは、なぜ、ここに導いてくれたのか？　中村には、この街の広がりが、人の心のなかのように感じられた。

その夜は、二人で街に下って、大学路のイタリア料理店で食事した。

学生街には、美しく照明された、広くはないが小ぎれいな書店がいくつもあった。これは、十余年前の煤けたような街並みからは、思いもつかなかった変化である。埃まみれのモノクロームの記憶が、急に色づき、ヨーロッパの見知らぬ小都市の街角にでも迷い込んだように感じられた。書架には、女性の書き手による小説や評論が、一気に増えていた。

イタリア料理店のメニューには、「国産ワイン」とあって、赤はありますか、と訊くと、白だけです、との答えで、それを頼んだ。

「三日間、あっという間に終わってしまいましたね」

崔さんは言い、微笑した。

「――食べ歩きもせず、飲み歩くこともなく、まじめな三日間でした」

「こうしたアルバイトでは、飲み歩くことが多いですか？」

「そうですね。学会のアテンドのようなことを頼まれても、おいでになる先生たちは、羽根を伸ばしたくなるんでしょう。

『手をつないで歩いてもいいですか？』とか、おっしゃることもあります」

笑いたい気持ちにもなれずに、しばらく料理を咀嚼し、飲み下す。

「中村さん」

フォークの動きを止め、崔さんが言った。

「――『王は、歴史の奴隷である』っていう言葉があります。ご存知ですか？」

「……いや、知りません。でも、おもしろいですね。誰が言ったんですか？」

「トルストイです。『戦争と平和』で。

あれは、ナポレオンのロシア遠征の話でしょう。

ナポレオンとロシア皇帝。どっちの王も、自分自身の考えで、こうやって軍を動かしているつもりでいる。だけど、もっと虚心に見るなら、それだって、実にさまざまな歴史の成り行きによって、ここまで運ばれてきているに過ぎない。そういうことじゃないかと思うんです」

「なるほど。

僕も、さっき、駱山から、この街の夜景を眺めて、いくらか似たようなことを感じていました。

なぜ、自分は、いまここに立って、この景色を眺めているのか――。これだって、数限りない偶然が積み重なって、こうなっている。必然というのは、むしろ、そういうことをさしているのかな、とか」

崔さんは、わずかに微笑して、パスタを口に運んだ。

「――そうだ……ホバクチュクを食べそこねてしまいました。かぼちゃのお粥を」

「ああ、すっかり忘れてました」崔さんは手を口に当て、笑いだす。「またの機会を考えましょう。いまは、東京でも、大久保あたりなら、ホバクチュクを出してくれる店があるかもしれません」

そして、

「――明日は、お見送りしなくて、だいじょうぶですか？」

と、思い出したように付け加えた。

「ありがとう。だいじょうぶです。ホテルから金浦空港まで、模範タクシーというものにでも乗ってみます」

そう、模範タクシー。それに乗ったのも、このときの旅が初めてだった。地下鉄は、まだ金浦空港まで通じていなかった。その後、日本からの国際線の発着自体が、仁川国際空港へと移転した。それらすべてが、いまでは、ずいぶん昔のことになっている。

二人は、そんな会話を交わして、店を出た。そして、地下鉄・恵化駅から4号線、さらに、東大門運動場駅で2号線に乗り換えた。中村は、市庁駅で降りる。崔さんは、そのまま、あと三駅、梨大駅まで乗っていく。シートに掛けたまま、彼女はこちらに会釈する。ドアが閉まり、地下鉄の車両は走りだす。

Ⅵ

高宗《コジョン》の父、興宣《フンソン》大院君こと李昰応《イハウン》は、自身でも持て余すほど強烈な「自我」の持ち主だった。傍系ながら王統の一隅に生まれたことで、生涯通して、「王位」の魅惑に取り憑かれて生きた。長い雌伏に耐え、それを狙った。いや、自分では、もはや王座に届かない。だが、先々帝の憲《ホン》宗《ジョン》、先帝の哲宗《チョルジョン》が、ともに世継ぎの王子を残せないまま逝去する、という千載一遇の好機をつかみ、それを手放さず、野望の実現に結実させる。自身の次男坊・命福《ミョンボク》を、なお存生する憲宗の生母・神貞《シンジョン》王后の養子とすることで、第二六代国王・高宗として、ついに満一一歳で王座に就けたのである。神貞王后は、このとき、「大王大妃」の称号を持つ朝鮮王室の最上位者として、みずから王位継承者を決する権限を持っていた。

ことここに至るまで、李昰応は、のちに「雲峴宮」と呼ばれる一角のぼろ家に住み、常民

（サンノム）の男たちと安酒場で飲み、賭場に出入りし、ときに権勢ある家を訪ねてへつらいながら頼み事をするという、無頼漢同然の暮らしを続けていた。それでも、絵筆を取れば、ただならぬ腕前で、とくに蘭の絵を得意とした。これらは、権門の家などで、なかば無理にも押し付けることで、小遣い稼ぎにもなるのだった。

そうやって市井をぶらつくだけでも、世間に顔は売れてくる。やさぐれた巷の人気者である。こうした処世の経験は、相手を見抜き、駆け引きなどにのぞむ上でも、役に立った。

李昰応の妻は、のちに「驪興府大夫人《ヨフンブデブイン》」と呼ばれる閔氏一族出身の人だが、早くからひそかにキリスト教に親しんでいたと言われる。李昰応がそれを気にかけた様子はない。だが、国王たる地位に次男坊が就くと、大院君たる立場の彼も、摂政へと飛躍する。そして、容赦なきキリスト教弾圧を行なった。

興宣大院君と呼ばれて国家権力中枢を握ると、彼は外戚や権勢ある一族の有力者たち（勢道家）を要職から追放、党派・身分を問わない人材登用を進める。税制を改め、両班の例外的な特権を許さず、既得権益の巣である書院を廃する。本来の正宮である景福宮を再建して王室の権威を高め、鎖国の国策を堅持した。

しゃべりだすと、気迫とユーモアが伴い、芝居がかるところがある。弱きをたすけ、強きを挫く物腰。だから、人気があり、やくざ者めいた取り巻きも多かった。

それでも、幼帝の高宗はやがて成長し、親政を執るべき年齢に至る。だが、この大院君は、権力を手放したがらなくなっている。最高位の権力をめぐって、この父は若き国王夫妻に対立する。とりわけ牙を向けるのは、王妃の閔妃に対してである。息子の高宗については、はるかに御しやすいと見込んでいる。

無頼漢で鳴らしたカリスマだけに、大院君の取り巻きには、放火、扇動、爆弾テロなどもいとわぬ物騒な心酔者がおおぜいいる。閔妃は、義兄・閔升鎬（高宗の母の実弟）、生母・韓昌《ハンチャン》府夫人《ブブイン》を爆弾テロで同時に失う。さらに、壬午軍乱（一八八二年）では、王宮に乱入する軍兵に命を狙われ、きわどいところを脱出する（このとき、ひそかに彼女の脱出を助けたのは、高宗の母にして、大院君の妻でもある驪興府大夫人だった）。一方、大院君は、閔妃が潜伏したことに乗じて、その葬儀まで挙げている。社会的に葬ってしまおう、ということだろう。こういうところは、手口もねちっこい。結局、事態の収拾に乗り出した清国軍によって、あべこべに大院君が拉致され、およそ三年間、天津での幽閉生活が続く。

大院君は、何度も、失脚する。だが、そのたび、粘りぬいて盛り返し、復帰する。権力闘争に飽くことなく長い人生を生きつづけ、政治への欲望を手放さなかった人である。

一八九八年、満七七歳で没する。糟糠の妻、驪興府大夫人を亡くして、ひと月半後のことだった。

閔妃は、読書好きな若き王妃として、当初、宮中の人びとに印象を残した。実際には、結婚から丸三年以上、一〇代なかばの高宗はほかの宮女に関心を向けており、王妃たる彼女に寄りつこうとしなかった。そうした宮女とのあいだに、庶子たる王子さえ生まれていた。孤閨に耐え、閔妃は読書に埋没した。『春秋左氏伝』などを読み込んだと言われる。周囲の者たちは、その姿を不憫にも感じていた。高宗としては、二人を結婚させるに至った周囲の思惑（父たる大院君がこれを主導した）が息苦しく、正室たる閔妃をことさら遠ざける一因として働いた。

だが、やがて、二人は互いに馴染みはじめる。

結婚から四年目、一八七〇年に、閔妃の懐妊が判明する。だが、流産に終わる。翌七一年、さらに懐妊。待望の男子が生まれたが、肛門が塞がったままという障害があって、生後四日で死亡した。

王妃の責務は、世継ぎの王子を産むことである。ところが、王の「寵愛」を受けたかと思えば、流産、夭逝。この事態は、若き王妃への重圧を増す。さらには、強大な舅たる興宣大院君から、悪罵と攻撃が浴びせられる。

若き国王夫妻の結びつきは、それでも続く。

一八七三年、第一王女を出産。だが、数カ月で死去。

翌七四年三月、また王子を出産。虚弱を心配されながらも、この子は無事に育った。生後一年の誕生日、高宗は早くも正式に王世子の座に就けた。ここには、庶子の王子との王位争いが将来に生じることを避けたい、という国王夫妻の願いが働いている。ことに閔妃には切実だった。ただし、こうして育てられる王世子（将来の純宗）は、幼時からの多病、虚弱に加えて、軽度の知的障害があったと言われている。さらに、彼は、将来、自身の子どもを作れない状態にあるとみなされていた。

閔妃は、さらに一八八二年と八五年にも、男子を出産。だが、いずれの子も、生後まもなく死去した。つまり、高宗と閔妃のあいだには、流産も含めて、六人の子どもの妊娠があった。それでも、障害を抱えながらも無事に育ってくれたのは、のちに朝鮮王朝最後の皇帝・純宗となる王子一人だけだった。

鎖国下の朝鮮で、一八六〇年代後半から相次ぐ外国船の来航に、当初、閔妃は、開国、近代化路線を支持するとともに、人事についても公平・公正であるべきという心持ちでいたようだ。だが、高宗が親政を行なう意向を示すにつれて、大院君は実権を手放したがらず、政敵とみなす閔妃への攻撃を強める。そこには、自分の意に添う王世子を立てようという思惑も含まれ、自分たちのあいだに生まれた子どもを世継ぎとしたい高宗と閔妃をおびやかす。ついに、閔妃の義兄と生母は爆殺されてしまう。犯人は明らかにならなかったが、世上、大院君の意を受けた凶行であることが、自明のように語られた。こうして暴力が顕在化しだすと、閔妃の側にも防衛的な意識がつのって、同族優先の人事を横行させはじめる。

朝鮮では、近代化への入口をなすべき時代に、おびただしい数の人間たちが、甲斐なく無造作に殺された。毒殺、撲殺、投石による殺害、射殺、斬殺、爆殺、焼殺、残虐刑による凄惨な殺し方……。閔妃その人も、この種の殺人を重ねて命じた疑いを免れない。

暴力と復讐の連鎖のなかでは、「近代化」を基礎づける妥協と自己抑制の気風は生じにくい。日本が彼らの国に求める「内政改革」も、朝鮮国王の側からは、みずからの実権を奪うものとしてのみ受け取られた。

だが、日本の側でも、自己抑制にもとづく判断は失われていたのである。ことに日清戦争の勝利は、国内世論に大きな高揚をもたらした。これを背に受け、日清講和条約（下関条約、一八九五年四月）では、多額の賠償金とともに、遼東半島、台湾、澎湖諸島を日本に割譲する、という過大な要求を清国に呑ませて、調印がなされる。だが、遼東半島までが日本に領有されると、極東アジアの平和と安定が崩れるとして、ロシアを先頭にドイツとフランスも強硬に清国への返還を要求する（三国干渉）。日本はこれに応じざるを得なくなる。この失態は、日本の国際的な威信を一気に低下させ、朝鮮で日本が主導していた「内政改革」も、やにわに停滞する。いわば、日清戦争での勝利という「成功」が、「失敗の素」となった形である。

これによって、朝鮮の政権内で一連の「内政改革」を担ってきた親日派は失脚。代わって、閔氏一族がロシア寄りの政策に舵を切り、一気に勢力を増していく。ここに至って、それまで朝鮮公使を務めた井上馨は退任。代わって、新たな朝鮮公使として、予備役陸軍中将の三浦梧楼が送り込まれて、彼が「閔妃暗殺」を引き起こす。

「閔妃暗殺」の実行後、日本政府は、漢城現地の事件関係者と見られる三浦梧楼以下四八人を日本に召還、広島で投獄した。だが、広島地裁の予審で、全員が免訴。ほかに、八人の軍人が第五師団（広島）で軍法会議に付されたが、全員無罪を宣される。

海外現地の出先機関の関係者が「独断専行」。その後、これについて日本国家としては「お咎めなし」――。この繰り返しは、さらに二〇世紀に入ってからも、中国・満洲における張作霖爆殺（一九二八年）、満洲事変の発端をなす柳条湖事件（一九三一年）などにも続いていく。

高宗は、父たる興宣大院君と、妻たる閔妃のあいだにはさまれ、終始、受け身な存在とみなされがちである。だが、そうだったのか？

彼ほど最後の最後まで、手替え品替え、日本への抵抗を続けた高位の人物は、当時の朝鮮で、ほかにはいない。抗議の死を選ぶ者はいた。だが、王たる者に、それは許されない。むしろ、生きつづけることで、彼は闘った。ただし、それは、幼帝のころの初志と違って、もはや、朝鮮の民を思って抵抗したのではなさそうだ。また、朝鮮という「国」の未来を案じたのでさえないのではないか。ただ、彼は朝鮮という国の「王」であり、この王権をおびやかすものに対して、最後まで抗った。

闘いの手立ては、そのたびにバラバラで、首尾一貫性とは縁がない。言い分も、その都度違う。出たとこ勝負とも言えそうなゲリラ戦である。それだけに、日本側としても、彼の出方は計り難いところがあった。

彼は、妻の閔妃を、眼前で日本人らに惨殺された男である。その遺体は、王宮の裏手の林まで無造作に運ばれ、薪を積み、石油をかけ、焼き捨てられた。これほど無惨な仕打ち、侮辱にも、耐えるしかなかった。

特段、学識もない。幼少で王座に就いたあと、ひと通りの「聖学」や史書の講読などの侍講(講筵)は受けた。だが、だんだん、それへの関心も失った。退屈しながら聞き流しても、諫める人さえ彼にはいなかった。

むしろ、彼は、王妃・閔妃が語る意見や教養に、耳を傾けることを好んだ人だったように思われる。この王妃は、夫たる王が閣僚たちの拝謁を受けるときなどにも、御簾ごしに自身の声で意見を語ることがあった。

高宗の身につく教養は、眼前で行なわれることからの実地教育にもとづいていた。実父の興宣大院君による演説の呼吸の緩急、人心の掌握術、政治的雄弁、決断と実行、破壊力、ある種の博才、籠絡術、凄みの利かせ方、執着心。妻である閔妃による、推理、洞察、歴史的好奇心、誠意と実利のバランス、記憶力、歓待術、非情な判断、揺るぎなさ、発声法、緻密な行動計画、などなど。どれをとっても、自分は彼らにはおよばない。だが、それらは、豊富な知恵の引き出しだった。

この妻・閔妃が、いまはもう亡い。彼女を殺害されたとき、高宗はまだ満四三歳である。彼は、そこから、さらに二四年近くを生きていく。

「露館播遷」は、一八九六年二月。このときは、王太子（息子）、王太后（義理の兄嫁）、王太子妃（息子の嫁）という一家の者たちを引き連れて、景福宮からロシア公使館まで、自身は徒歩で引っ越した。一年後には、王太子とともにロシア公使館を出て、慶運宮で王太后、王太子妃らと合流して暮らしはじめる。

王族とて、絶えず暗殺者の気配を身辺に感じる状況だった。広大な景福宮では、警護にも不安がある。むしろ、ロシア公使館ほか、欧米諸国の公館、学校、教会などが周囲に密集している慶運宮の立地のほうが安全である。つまり、高宗にとって、欧米人たちより危険に感じられていたのは、同胞の朝鮮人と、日本人だった。

一八九七年秋には、「大韓帝国」と国号を改め、王の称号も「皇帝」に替えられた。日清戦争の結果を経て、いまや朝鮮王朝は中国の冊封体制から離脱し、完全に独立した国家となったことを示そうとする国号である。

高宗の皇帝即位式を挙行し、「大韓帝国」が成立したとされるのが一〇月一二日。さらに、亡き閔妃には「明成《ミョンソン》」という諡《し》号《ごう》に加え、「皇后」という皇帝の正妃の地位が改めてもたらされ、一一月二二日、「明成皇后」の国葬が大規模に行なわれた。「露館播遷」という国王自身による丸腰でのクーデタに始まる動きは、閔妃の惨殺についても、このような形で一応の名誉回復を収めるに至る。

その翌年、一八九八年九月一一日。高宗の満四六歳の誕生日（生誕当時の陰暦七月二五日にもとづく万寿聖節）を祝う晩餐会の翌日のこと。この夜、高宗と皇太子（大韓帝国の成立によって「王太子」から改称）は、慶運宮内で、十数名の近侍とともに寛いでいた。高宗一家が愛飲するコーヒーが、ここでも供された。

高宗は、このとき、ひと口飲んで、刺激臭を感じて、カップを置いた。だが、皇太子は、がぶりと飲んでしまっていた。とたんに皇太子は悶絶しはじめ、その場に倒れ込んだ。高宗が、「毒茶」と叫んだ。コーヒーには、ヒ素を含む毒物が混入されていた。ほどなく、事件に関係したとされる元ロシア語通訳官ら三名が逮捕、処刑されたが、確かな事実の経緯は判然としない。皇太子は、これ以来、歯がすっかり抜け落ち、胃腸などの内臓に重い後遺症が残った。

妻を王宮内で殺されて、焼かれ、世継ぎの病弱な息子をさらに深く傷つけられる。それでも、高宗は「皇帝」の地位にとどまり、思うところの統治を続けた。

日本に対する高宗の不信と猜疑は深かった。日本、ロシア、清国などのあいだにはさまれ、これからも朝鮮という小国は生き延びていかねばならない。自国を「中立」化することに活路を見出せないかと考えたが、具体的な展望に結びつかない。こうしたなか、一九〇四年二月、また、この地の覇権をめぐり日露戦争が始まった。

日本の枢密院議長、伊藤博文が、特派大使となって漢城を訪れ、初めて高宗と会見するのは、同年三月一八日。この会見で、彼は伊藤に対して信頼感を抱いたようである。次の会見のさい、彼は、日露戦争の戦況を脇に置く形で、韓国の閣僚たちが自身の「君権」を制限し過ぎるとして、助言を求めた。こうしたふるまいは、高宗独特の心持ちを映している。彼の意識において、韓国の対外関係と国内問題の区別は希薄で、むしろ、自身の眼前にある脅威を除去するためには、そのつど自分に味方してくれる者を見出そうとする姿勢を取る。たとえ日本の有力政治家が相手でも、こうした挙動に出ることがあった。

もっとも、これは、ひとり高宗にとどまらず、当時の韓国の有力政治家の多くに共通する傾向だった。理念への忠誠よりも、そのときどきの状況に応じて自身の立場を決めて、離合集散を繰り返していく。

日露戦争は、米国の斡旋を得て日露講和条約（ポーツマス条約、一九〇五年九月）が締結される。つまり、この条約の成立は、満洲と朝鮮半島をめぐる極東アジアでの勢力均衡のありかたに、ほかの列強国が承認を与えるという世界秩序を意味していた。つまり、そこでの二〇世紀の世界の成り立ちかたは、もはや、高宗が思い描いてきたものとは違っている。

一方、多くの犠牲を払いながら戦争を継続してきた日本政府も、過大な「大国」意識を自国民に煽ってきたのと裏腹に、「講和」においては、賠償金なしという厳しい内容を受け入れるほかない実情にあった。これに対して、民心は納得せず、「日比谷焼打事件」と呼ばれる政府批判の暴動までが広がった。つまり、日本政府にとって、日清、日露での二つの「戦勝」は、その実、東アジアにおける安定した「戦後」体制の構築という点では、相次ぎ失敗と言うべき側面を伴った。

この事態を受けて、一九〇五年一一月、伊藤博文がふたたび特派大使として、韓国にやって来る。韓国の「外交権」を日本に譲らせて、日本の「保護国」とすることを明確化する「第二次日韓協約」の締結を迫るためだった。

日本の韓国に対する「指導、保護および監理」について、ロシアは干渉しない――。日露講和条約締結にあたって、この条項は、日本がかろうじて「戦勝国」の面目を保つ戦果として、盛り込むことができたものの一つだった。それにもとづく行動に、ただちに日本は、このような形で乗り出したのだった。

伊藤は、一一月八日、釜山に到着。翌九日、漢城に入る。宿は、慶運宮に間近いソンタク・ホテル。日本政府は前月一〇月二七日の段階で、韓国を保護国化して外交権などを日本の支配下に置く、という方針をすでに閣議決定していた。

漢城入りの翌日、一一月一〇日。伊藤博文は到着の挨拶として、慶運宮に出向いて、高宗に会見した。前年四月の大火によって焼亡した正殿の中和殿、寝殿の咸寧殿などの再建はまだ完了しておらず、このときの伊藤との会見や協議の場に使われるのは、本来は帝室図書館として建造されたレンガ造りの重明殿である。

高宗も、朝鮮王朝がいよいよ存亡のときに直面していることを実感している。だが、今後のすみやかな会見を求める伊藤に対し、なおも「病気」を理由に延引を続けた。

ようやく本格的な会見が実現するのは、同月一五日、午後三時。高宗は、これまでの態度を一転させて、しゃべりつづける。

「これは閣僚や一族の者たちにも申してこなかったことですが、あなたを見込んで遠慮なく話しておきます」と前置きして、まずは、閔妃暗殺に始まる日本の施策への非難と不満の数々。これは多岐にわたり、国家および皇室の財産の整理問題、さらには、日本による韓国軍の軍備縮小作業にまで及ぶものだった。

だが、伊藤はぬかりなく守備を固めて、反撃に転じる。

「しからば、こちらからも、陛下にちょっとうかがいます。いったい、どうやって韓国は現在に至るまで、生き延びてこられたとお考えでしょう。つまりは、韓国の独立は、どこのおかげで実現できているのか、ということです。陛下は、それをご承知の上で、このようにご不満を述べておられるのでしょうか」

「いや、そのあたりはよくわかっています」

と、高宗は、一歩後退。

そして、論点を今度伊藤が持ち込んできた、第二次日韓協約の核心部へと絞り込む。

「――それほど日本が我が国に好意を寄せてくださっているのであれば、外交権委任を要求されるような形式は、不要なはずではありませんか？

いったん外交権を譲ってしまえば、我が国は、オーストリア・ハンガリー帝国におけるハンガリーのように、他国の帝を戴くことになる。あるいは、ヨーロッパ列強がアフリカに強いているような植民地の地位に陥ってしまうではありませんか」

結局、この会見では、高宗は次のように述べ、いったん議論を棚に上げようと試みる。

「――これほどの問題は、閣僚たちにも意見を諮らねばなりません。また、一般人民の意向を察しておくことも必要です」

これに対して、伊藤は、

「貴国は、君主専制国ではありませんか」

と釘を刺す。あなたの国は絶対君主制でやってきたのだから、いまさら閣僚に諮詢《しじゅん》したり、輿論を気にかける必要はないじゃありませんか、という反論である。

けれども、伊藤の言い分も、これはこれで強弁である。なぜなら、朝鮮王朝は、一八九五年一月、日本による「内政改革」への圧力の下で、「洪範一四条」という朝鮮史上初の憲法をすでに制定していた。ここには、国王は、政務にあたって各大臣に親しく諮詢して決裁する旨が、明文化されている。そして、こうした朝鮮の制限君主制への穏やかな移行と法治国家の実現こそが、まさに、伊藤自身が朝鮮に望んできたことにほかならないからである。

だから、内心、伊藤の側にも、気後れはなくもない。「時日、遷延に流るるを許さず」と口では強く出ながら、さらなる引き延ばしを求める高宗とのあいだで決着には至らず、この日は伊藤が譲歩し、会見は午後七時で終わっている。

翌一六日夕刻、伊藤は滞在するソンタク・ホテルに八人の韓国政府の現役閣僚および前職大臣を招き、会談している。持ち前の無手勝流で活路を探る高宗に対して、まずは外堀から埋めていこうという策である。

日本政府内には、いまでは韓国に対し、武断的な対処で一挙に「併合」までことを進めるべし、という強硬派も台頭している。だが、伊藤は、極力「併合」までは持ち込むことなく、「保護国」として日本の影響下に置きながら、韓国社会の近代化を促すのが望ましい、という考えだった。かねて朝鮮を知る伊藤や井上馨らには、そうした意向が強かった。逆に言えば、それは、明治期日本の現状とは異質な前近代性を色濃くとどめ、国家としての財政基盤さえきわめてあやしい韓国をこのまま「併合」するのは、日本にとって経済的負担、さらには政治的リスクが大きすぎる、との判断に根ざすものであった。

いや、これは、韓国の内政に限っての見方ではない。伊藤、井上馨ら、幕末の動乱をくぐって、明治近代国家の建設にあたってきた第一世代の者たちは、かつて、みずからが泥沼の殺し合いを経験した。だからこそ、彼らは、明治新国家の設計にあたって、私的な復讐、暴力の連鎖に歯止めをかける、法治主義にもとづく社会の建設に、懸命に取り組んだ。ことあるごとに、彼らが朝鮮の内閣に求めてきた近代化の「内政改革」も、この政治的動機の延長線上に置かれたものと言える。

だが、時代は変わる。いまや、明治社会の中枢に位置する働き盛りは、幕末の殺し合いの時代を知らず、文明開化のなかから育った世代である。伊藤や井上が重んじた平和と安定にもとづく秩序の構築は、天下泰平が世に行き渡るにつれ、かえって自国政界内でも訴求力を失いつつあった。これも、ひとつの老いである。

ソンタク・ホテルでの会談の場で、伊藤博文は、開口一番、単刀直入に用件を述べた。——昨夜、日本国による韓国への「保護権確立」について、皇帝陛下に謁見し、すみやかな「妥協」をお約束いただいた。ついては、閣僚、元老の皆さまにご意見を頂戴したい。

最初に伊藤が発言を求めたのは、韓国内閣で首座を占める議政府参政大臣、韓圭卨《ハンギュソル》だった。彼は、すでに高宗からこの件について諮問を受けたとして、おおむね、次のようなことを述べた。

——韓国の独立は、自国の力によるのではなく、ひとえに日本の助力を得てのものであったことは、じゅうじゅう理解しております。ただ、せめて形式上だけでも、独立は保たせていただきたい。日本政府の提案は、諒解せずにはおれないものなのですが、我々の事情にも配慮を願いたいのです。——

これに対して、伊藤は、これまでいかに日本が韓国に厚意を尽くしてきたかを長々と演説した。だが、韓国側の面々も、ここでは妥協せず、なお「形式上」の「名」（つまり、独立）の「保全」を求めた。この夜の会談も、それに終始することで終わった。

そして、いよいよ一一月一七日がやって来る。

この日も、高宗は、なかなか会見に応じなかった。

ようやく伊藤博文が韓国駐箚軍司令官の長谷川好道を伴って参内したときには、すでに午後八時になっていた。それでも、伊藤の来訪を告げた宮内府大臣に対して、高宗は「のどの腫れ物」を理由にして、やはり会見はできない、とした。ただし、「政府大臣をして商議妥協を遂げしめよ」とも述べた。つまり、自分は伊藤との会見の席には出ていかないが、大臣たちが伊藤と協議して、「妥協点を見出すように」との命令である。高宗という人の物腰は、ここに至っても、なお、わかりにくい。大韓帝国の存亡を分ける協議の場に、自分はのどが痛くて出向かないので、おまえたちで適当に妥協点を見出して、「第二次日韓協約」を締結するようにせよ、と言っている。

国の存亡という重圧から、皇帝当人が目を背けておきたくなったのか？　あるいは、あとから、自分は正式な裁可をしていないとして、反転攻勢に出る余地を残しておこうとする深謀遠慮か？　いずれにせよ、とうに閔妃を失い、彼が胸中を明かす相手はどこにもいない。つまり、彼が本当に考えていたことは、現在に至っても、誰も知ることができないままである。

こんな孤独に、人間は、どう耐えられるものなのか？

王とて、歴史の奴隷である。だが、高宗の場合、ときに、そうしたみずからが置かれた運命から、遁走を試みようとしたようにも思われる。

こうして君主の高宗が不在のまま、伊藤と各大臣のあいだで、最終の「商議」が始まる。

最初に口を開くのは、この日も韓国内閣で首相にあたる議政府参政大臣の韓圭卨だった。

――自分は「妥協を遂げよ」という勅命に反してでも、また参政大臣の職を辞し、刑罰に処せられるとしても、韓国の独立が、たとえ形式だけであっても守られることを切望する。――

これに対し、伊藤は、日本は韓国の独立そのものを奪おうとしているわけではない、と述べ、ほかの各大臣にも発言を促した。

外部大臣の朴斉純《パクジェスン》は、第二次日韓協約の締結には「断然不同意」としながらも、「勅命とあらばいたしかたない」と口をすべらせたことから、伊藤によって「反対意見ではない」と整理され、無念そうな表情を浮かべて引き下がった。

度支部大臣の閔泳綺《ミンヨンギ》は「絶対的に反対」。

法部大臣の李夏栄《イハヨン》は、今回の事態は第一次日韓協約があるにもかかわらず、たびたび日本への背信行為をおこなった韓国みずからが招いたものである、として、第二次日韓協約の締結も「やむなき」ものと認めた。「日本への背信行為」とは、この一九〇五年に入ってからも、高宗が欧米諸国に向けて日本の威圧を論難する国書を届けたり、「独立協会」の活動家として獄中にあった李《イ》承晩《スンマン》（のちの大韓民国初代大統領）を釈放して米国に送り、セオドア・ルーズベルト大統領との交渉にあたらせようとして失敗したことなどを指している。いずれの場合も、高宗による秘密外交の試みは、近臣にとってもそのたび唐突で、ことが露見してから、かえって彼らが手を焼かされていたことがうかがえる。それもあって、高宗への批判とも取れる論旨だった。

学部大臣の李完用《イワニョン》は、より明確に、第二次日韓協約への賛意を述べた。これだけ日韓の実力差がある以上、感情の「衝突」に至らぬうちに円満に妥協を遂げ、こちらの要求も盛り込んだ内容で締結するのが望ましい、という意見である。

軍部大臣の李根澤《イグンテク》は、自分も李完用と同意見である、とした。内部大臣の李址鎔《イジヨン》、農商工部大臣の権重顕《クォンジュンヒョン》も、これに続いた。

内閣の多数を制するかたちになった伊藤は、再度、参政大臣の韓圭卨に向きなおって迫る。

「この通り、わたしどもの案に反対されるのは貴兄と閔度相のみです。ですので、多数決により貴兄は本件を可決したものと認め、必要な形式を整えた上で、皇帝の御裁可を願い、調印を実行できますよね」

これに対し韓圭卨は、「かくなる上は、自分の進退を決して、謹んで大罪が下るのを待つほかありますまい」と述べ、すすり泣く。これにより、彼は別室に退くことを余儀なくされた。

あとのことは、ほかの顔ぶれだけで進んでいく。

その後の交渉は条文の具体的な表現に移り、上奏を経て、それが高宗によって裁可され、一八日未明、第二次日韓協約は締結された。

この直後から、漢城の市中には、第二次日韓協約が締結されたとの噂が流れ、街は不穏な空気に包まれた。学部大臣、李完用の自宅は焼き討ちされ、協約締結を批判する上奏文が王宮に殺到した。だが、ただちに保護国たる韓国に対し、日本による統治が開始される。一一月二二日には、南山の日本公使館において、大韓帝国の外交を管轄する統監府が、その事務を仮に開始した。同月中に伊藤は日本にいったん引き上げるが、一二月二一日、初代韓国統監に任ぜられ、翌一九〇六年三月には、改めて現地に赴任して来る。

一方、宮内府特進官の趙秉世《チョビョンセ》は、第二次日韓協約を破棄して、これに署名した朴斉純らを断罪に処し、内閣を解散することなどを求める大規模な上奏を続けた。閔妃の甥で、軍部大臣、内部大臣などを歴任した閔泳煥《ミンヨンファン》らも同様の上奏を行なった。だが、高宗は、伊藤の意向に従う姿勢を重ねて示し、これに絶望した閔泳煥は自刃し、趙秉世は服毒自殺を遂げている。いわば、高宗は、これらの身近な部下たちを見殺しにしたかたちである。

だが、それでも、日本の支配に対する高宗なりの抵抗は、終わったわけではなかった。

一九〇七年五月、韓国統監・伊藤博文は、高宗が第二次日韓協約を無視して、オランダのハーグで開かれる万国平和会議に向け、日本の非道な韓国支配を告発する「親書」を三人の密使に託して出発させた、との情報をつかむ。

同月二二日、伊藤は高宗と会見して、この情報をたたきつけるが、高宗は「そんな話は初めて聞きました」と、全面的に否定する。だが、六月下旬、ハーグの平和会議の会場に、高宗が送った三人の密使が、実際に現われる。彼らは、平和会議への参加国のいずれからも面会を拒まれ、目的は達せない。それでも、伊藤統監に対して密使派遣を全面的に否定した高宗の言葉が、まったくのウソだったことは、もはや覆い隠せない。

伊藤は、さすがに激怒した。

西園寺公望首相が率いる日本政府も、かくなる上は、「韓国内政に関する全権を掌握」するほかないと、七月一二日、決定するに至る。彼らとしては、本来、そこまで「併合」を急ぐべきものとは考えていなかった。だから、これは、いわば高宗によるゲリラ的抵抗を扱いかねて、具体的な政策論を欠いたまま、あべこべに「植民地・朝鮮」という厄介な大荷物を丸抱えすることに追い込まれていくという、日本の政治指導者たちのアイロニカルな窮状の反映でもあった。

韓国政府は、日本側からの動きに先んじて、高宗にみずから譲位を決意させることで、大韓帝国の独立をなんとか形だけでも守りたいと考える。だが、当の高宗には、そうした「責任」意識など、さらさらない。むしろ、彼は、こうやって日本に対して最後まで抵抗しているのは自分一人ではないかと、閣僚たちの不甲斐なさへの憤りを抑えかねていただろう。七月一六日、彼は、居並ぶ大臣たちに向かって言い放つ。

「朕は死すとも譲位せず」

だが、その日はやって来た。

七月一八日、伊藤は高宗に会見して、言い含める。

「世間では、統監（伊藤）が、次の帝位に義《ウィ》親王（高宗の庶子）や李《イ》埈鎔《ジュンヨン》（高宗の甥）を就ける意向、といった噂があるかもしれません。けれど、それはまったくの作り話であります。後継の皇帝について、陛下のご意向にそむくことは決してありませんので、ご安心を願います」

伊藤からのひと言は、高宗に退位を決意させるだけの効果をもたらした。高宗自身が、まずは閔妃の遺児である皇太子（のちの純宗）に、何としてでも皇帝を継がせたかった。次いで、後添えというべき厳《オム》妃とのあいだに生まれた英《ヨン》親王（李垠《イウン》）、という順に帝位を継がせることが、強い望みとなっていた。

この日、高宗は、みずからの譲位の詔勅を発する。

七月二四日、第三次日韓協約が締結される。内政面でも韓国統監の権限が強化され、実質においては、これをもって、ほぼ全面的な韓国の「植民地」化を完結させた。さらに、これに伴う非公開の取り決めで、八月一日をもって韓国軍は解散させられた。

韓国統監という地位に就いた伊藤博文は、これ以後、皇族以外の日本人で、ただ一人の例外として「殿下」との敬称で呼ばれるようになったと言われている。韓国統監としての伊藤は、文官でありながら、同地に駐屯する日本軍（韓国駐箚軍）の指揮権をも有していた。つまり、彼は実質において現地の「王」たる立場に就いたのである。

一方、新しく大韓帝国皇帝の帝位を継いだ純宗は、まもなく、慶運宮から昌徳宮へと移っていく。そして、退位して「太皇帝」となった高宗だけが、「徳寿宮」と新しく改称された、もとの慶運宮にそのまま残っている。


伊藤博文は、幕末の動乱の時代、長州で育った人間である。周防の百姓夫婦の一人息子に生まれ、やがて父親が足軽の家に仕えて、養子に入ったことが、武士の世界にまぎれこむ端緒となった。両親から愛されて育ち、人好きのする、健康で明るく楽天的な性分は、彼の生涯をつらぬく素地となる。

一八四一年生まれであることから、吉田松陰の松下村塾では、もっとも若い世代の塾生となる。満一八歳になる年、師の松陰は江戸小伝馬町の牢内で処刑され、その遺体を受け取りに行く一人となった。遺体は丸裸で、首は胴から離れ、髪は乱れて、顔には血がこびりついていた。

二一歳のとき、英国公使館焼き討ちに加わった。九日後には、国学者・塙次郎を、仲間の山尾庸三とともに待ち伏せて、斬殺している。その翌年、長州藩の若輩五人で英国へと密航する。六歳年長の井上馨（聞多）は、このときからの盟友である。伊藤のロンドン滞在は半年ほどで、日本に戻ると、覚えたての英語で英国側との外交交渉を担い、開国への道を導いた。

幕末の凄惨な殺し合いの連続は、やりきれないものだった、という思いが、彼の生涯についてまわった。

腹を切りながらも死にきれずに苦しむ人間の様子を、伊藤博文は、間近に見て知っていた。頼まれれば、介錯もするほかない。いつ自分も殺されるか知れないなかを紙一重の偶然で切り抜けながら、ここまでを生きてきた。

「当時の攘夷論は全く精神から出たので、政略から出たのではなかった。その頃、政略的のことをやると、精神がないとかなんとかいって、それこそ斬られてしまう」

——と、回顧する。

残虐刑や拷問の横行、身分差別のなかで行き場のない閉塞感がもたらす下剋上の空気。そうしたものも、自己抑制の働かない社会の土壌となって、憎悪や復讐を増幅させていく。だからこそ、彼は、憲法と代議制にもとづくデモクラシーの社会制度をどうにか実現させて、日本に根づかせたいと考えた。

そうしたさなか、一八九一年五月、「大津事件」が起こる。

シベリア鉄道の極東地区での起工式に出席する途上、ロシア帝国の皇太子ニコライが海軍の艦隊を率いて来日した。京都の宿所から琵琶湖への日帰りの遊覧の途中、大津町内を通過するさい、警備の警官・津田三蔵が、ニコライに斬りつけ、負傷させたのだった。

条約改正問題への取り組みが進行するなか、ロシアの南下政策にどうやって歯止めをかけるかも相まって、両国間の関係がデリケートな時期である。よりにもよって、こんな事件が起こるとは。だが、法治国家としての司法制度も、欧米並みをめざして懸命に築いてきた。罪刑法定主義に立つ裁判官が、「厳罰」を下してくれるかは予断を許さない。伊藤は、このとき貴族院議長だった。後藤象二郎逓相や陸奥宗光農商相は、――いっそ、犯人の津田三蔵を暗殺して病死と発表してはどうか、ロシアでは時どきそういうこともやるらしい――と持ちかけた。だが、伊藤は、どうしてそんな無法な処置ができるか、と撥ねつけた。

伊藤としては、法の解釈の枠内で、どうにか津田を死刑にできないものか、とは望んでいた。だが、ここで暗殺という非合法手段に頼るのでは、これまで積み上げてきた法治国家の基礎をぶち壊してしまう。新生国家のリーダーとしての自制心が、こうした危うい局面においても、なお彼を踏みとどまらせた。

朝鮮については、どうか。

暗殺、暴動のなかでの殺戮、復讐の連鎖、さらに、残虐刑や拷問も制度として続いている。開化派の金玉均は、甲申政変のクーデタ失敗（一八八四年）のあと、日本に亡命していたが、閔氏一派が送った刺客によって上海までおびき出されて、殺される（一八九四年三月）。遺骸は朝鮮に送られ、凌遅刑（体を切り刻む）に処され、それぞれの部位は各地の街頭でさらされた。

　ほかにも、朝鮮には、容易に手出しができない問題が多かった。たとえば、税制や予算の管理・執行においても、高宗の治世では中央集権が行き届かず、賄賂や横領が横行していた。そもそも、高宗と閔妃自身、国費と宮廷費の区別にさえ、けじめがなかった。

　首相としての伊藤は、日清戦争のさなか、朝鮮公使に、国政エース級で財務にも詳しい井上馨を送り込む。それでも、朝鮮の「内政改革」促進はきわめて難事業だった。これに息切れが生じたところで、井上に代え、軍人出身の三浦梧楼が朝鮮公使に送り出される。そして、「閔妃暗殺」を引き起こす。

　大韓帝国（一八九七～一九一〇年）への国名改称後も、軍事費の増大と多額の宮廷費が、脆弱な財政基盤の上にのしかかっていた。第一次日韓協約（一九〇四年）によって任用が義務づけられた日本人財務顧問として韓国政府に送り込まれた目賀田《めがた》種太郎《たねたろう》は、惨憺たる韓国皇室財政の実情をみずからの調査によって明らかにすることになり、「窮乏の事実蔽うべから」ざる状況に衝撃を受けている。

　朝鮮の開国（一八七六年）以後、壬午軍乱（八二年）、甲申政変（八四年）、日清戦争（九四～九五年）、日露戦争（一九〇四～〇五年）へと続く朝鮮内外の不安定な状況に加えて、こうした財政面の実状についても、伊藤は推察しうる立場にあった。だからこそ、「保護国」化を通して、その国に近代化を促しながら政治的支配下に置くことは急務であるにせよ、一気に「併合」まで踏み出すことの負担と危険の大きさを、彼は深く承知していた。

当地の民心においては、日本による「併合」への警戒と反発が圧倒的だった。ことに一九〇七年、第三次日韓協約締結に伴い韓国軍が解散されると、兵士たちの多くは、そのまま抗日の義兵に流れ込む。

これを鎮圧する日本軍側の『朝鮮暴徒討伐誌』（朝鮮駐箚軍司令部、一九一三年）の挙げる数字によると、両者間の戦闘で義兵側に出た死者数は、一九〇七年が三六二七人、一九〇八年が一万一五六二人、一九〇九年が二三七四人に及んでいる（日本側の戦死者は、この三年間で一二九人）。

このような国を「併合」して、いかなる利益がありうるのか？　また、どうやって、その地を統治していけるのか？

伊藤博文が、韓国という地に愛着を抱く、当時の日本人としては少数派の一人だったことは確かである。彼は韓国統監として、一九〇七年四月、韓国の普通学校（当地の韓国人児童を対象とする初等教育機関）に着任した日本人教師たちを前に、このように話す。

「諸君が児童を教育するに臨んで、最も必要なのは言語である。如何に親切に誘掖《ゆうえき》しようとしても、言語の通じないためにその目的を達することの出来ない場合は少なくないと思う。諸君は教授の余暇、韓語を学ぶことを忘れぬようにして貰いたい。是は切に希望する所である。」

「風俗習慣の如きも幾百千年の間に成立したもので、一朝一夕にして之を改め得るものではないから、決して軽率に之を非難し、又は急激に改変しようとしてはならぬ。注意に注意を加えて漸次に改良する心掛が大切である。

是を要するに韓国の啓発は教育に待つことが多い。」

だが、ついに、一九〇九年一〇月二六日朝――。

元韓国統監・伊藤博文は、ロシア帝国の大蔵大臣ココフツォフとの会談のため、北満洲ハルビン駅のプラットフォームに降り立ったところを、韓国人義兵・安重根によって射殺される。

伊藤は、息を引き取るまでのあいだに、逮捕された犯人は韓国人だと聞かされ、「馬鹿なやつだ」と漏らしたのち絶命した、という伝説めいた逸話がある。

――韓国の「併合」を急ぐ連中は、ほかにいる。俺などを殺して、どうするんだ。俺は、互いの社会の安寧を目指そうとして、もっと穏やかにやろうとしてきたつもりだ。――

といった慨嘆を、伊藤は漏らしたものと見るべきか？　いずれにせよ、かつては伊藤自身も、幕末の尊皇攘夷の動乱のなかで、若い暗殺者の一人だった。韓国独立を闘う義兵たる者が、自分の命を取りに来ることにも、彼なりの理解は働いていたのではないかと思える。

ただし、さらに重要なのは、直前まで秘密裏に調整されていたココフツォフとの当地での会談で、伊藤が何を協議しようとしていたのかは、今日でもなお具体的には明らかになっていない、ということである。

伊藤は、この年六月に韓国統監を辞任したのち、身軽になった立場で、この会談にのぞもうとする。仲介にあたったのは、ロシアとの太いパイプを持つ逓信大臣の後藤新平（前職は南満洲鉄道初代総裁）。伊藤には、「極東問題、特に韓国の処置」について協議する意向があったと言われている。

一九一〇年八月二九日——。

大韓帝国は、日本に「併合」された。

興宣大院君、閔妃、高宗、伊藤博文という、朝鮮王朝末期を舞台とする政治劇の立役者たち。それらの人びとのうち、このときを生きて迎えたのは、高宗だけである。彼とて、すでに大韓帝国皇帝の地位は息子の純宗に譲って、徳寿宮にて、退位後の日々を送っていた。

徳寿宮での暮らしは、静かなものだった。この当日も、彼自身にとっては、これまでの「太皇帝」という称号から、新しく「太王」という称号に変わる、というだけのことだった。彼その人を名指すときには、「徳寿宮李太王」との呼び名が用いられることになっていた。

この日から、さらに、およそ八年五カ月、彼は生きた。

一九一九年一月二〇日。彼は、満六六歳になっても壮健で、この日も普段通りに食事をした。だが、夜になって、突然、倒れた。

李王職（宮内省の外局）職員として、日ごろ高宗や純宗に近侍していた権藤四郎介は、「太王殿下御重態に陥られた、即刻出仕せよ」との朝鮮語なまりの電話を受け、とっさに、病弱な純宗のことをさしての間違いではないかと考え、「昌徳宮か」と問い返した。けれども、そうではなかった。

深夜、日付が変わって、一月二一日午前一時四五分。高宗は、息を引き取る。死因は、脳溢血と診断された。直後から、巷間では毒殺が真相であるかのような噂が、なかば公然と語られたが、確かな証拠もない。

この年三月一日、京城のパゴダ公園近くで宗教人三三人による「独立宣言書」が発表され、朝鮮全土で展開する「三・一独立運動」へと派生していく。これは、高宗の葬儀に重なりながらの広がりでもあった。「独立宣言書」自体は、第一次世界大戦後の国際関係の再構築をめざすべくフランスで開かれているパリ講和会議を念頭に、世界に向けた意思表明と呼びかけである。

日本の皇族、東久邇宮稔彦王は、この時期、陸軍少佐としてフォンテーヌブローの砲兵学校などに留学するため、フランスに滞在していた。絵が好きで、人を介して紹介を受け、老画家モネのパリ郊外の家にも出入りするようになると、その友人の政治家クレマンソーとも、ここで知り合えた。彼は、フランスの首相として、パリ講和会議で議長をつとめたばかりだった。

日本は嫌いだと、クレマンソーは、このとき東久邇宮に言った。青年時代からの知己でもある西園寺公望（パリ講和会議で、日本の全権代表だった）については、世界のことをよく知っている、と褒める。だが、彼以外の代表団一行の面々は外交の手腕においても拙劣で、あれではだめだ、と厳しかった。

東久邇宮が、日本のどういうところが嫌いなのか、と尋ねると、「虎《ティーグル》」とのあだ名で呼ばれる老政治家は、

「日本は、朝鮮を無理にとった。日本は中国に不公正な要求を押しつけている……乱暴極まる国じゃないか」

と答えた。中国のことについては、山東問題、ことに青島の占領、そして対華二一カ条要求を指してのものだろう。

東久邇宮が、フランスだって、アルジェリアを属国にしたりしてるじゃないですか、と言い返すと、クレマンソーは苦笑いをして、しばらく黙っていたが、さらにこう言う。

「他の民族や、国家を征服するということは、よくないことだ。また、非常に困難なことでも

ある。

英国におけるアイルランド、フランスにおける北アフリカ、オーストリアにおけるチェコのようなもので、日本も、将来、朝鮮のことでは、ひどく困ることが、きっと起こるだろう……」

Ⅶ

一九九四年の暮れ近く、日本に帰ると、中村は資料類を手元に揃え、『モダン都市・ソウル＝京城の文学地図』の原稿づくりに取りかかった。離婚も具体化しつつある時期だった。だから、手をつけられる仕事から片付けて、可能なかぎりの収入を得ておく必要があった。

『モダン都市・ソウル＝京城の文学地図』が無事に刊行されて、書店の棚に並びはじめたのは、明けて一九九五年の初夏が近づくころだったか。そのころには、崔美加さんも留学生活を終えて東京の実家に戻っており、出版社の副編集長として世話になった秋山が、関係者数人の慰労を兼ねた祝宴を、銀座のはずれの中華料理店で開いてくれたのを覚えている。その日、崔さんは、若草色のシルクのワンピースに、薄いカーディガンを着け、冬のソウルでいっしょに行動していたときより、ずいぶんお嬢さんめいて、眩しいような印象を受けた。

祝宴を終えるころには、夜も更けて、外は小糠雨になっていた。舗道を並んで歩いていた崔さんに、近況を尋ねた。いまは、下町の実家にいて、「父の運転手役みたいなことをやらされています」と、彼女は笑った。あとは、週一度ほど、学部時代の母校に通って共同研究のグループに加わり、恩師のアシスタントもしている、とのことだった。

「近くまで送りましょう。僕は、少し回り道になるだけだから」

提案してみたが、

「いえ、だいじょうぶです。駅から電話すると、父がクルマで迎えにくるんです。昼間は運転手役でわたしをこき使うのに。まだ、門限を設けているつもりなんですよ。娘が、こんな歳になっても」提案を断わり、彼女は笑った。「でも、きょうは、こんな時間になっちゃったから、きっと怒りながら寝たでしょう。駅から歩いて帰ります」

「雨も少し降ってる。しばらく行列に並ぶとしても、駅からタクシーで帰るほうがいいんじゃないですか？」

無理にも送るとは言いかねて、そう言った。

「いえ、これくらいの雨のなかを歩くのが好きなんです。泣きながら歩いたり」

少し肩をすくめて、また彼女は笑った。

「じゃあ、ついでの折でもあったら、電話ください。お茶でも飲みましょう。……あ、かぼちゃのお粥でもいいかもしれませんね」
地下鉄の改札口前で、そう言って別れた。

『モダン都市・ソウル＝京城の文学地図』は、敗戦五〇年の夏をはさんで、まずまずの売れ行きを示したようで、二度ばかり、少部数の増刷を重ねた。だが、二一世紀にかかるころには、もう書店の棚にも見当たらなくなっていた。
刊行されてしばらくしたころ、
《日本による朝鮮の植民地統治期の歴史を、政治的な視野からの否定論に立つだけではなく、文化的な諸現実における葛藤の実相に目を向けて吟味しようとする、これまでにないタイプの労作である。》
といった新聞書評が、一つ二つ、掲載されたのを覚えている。
たしかに、そのように評してもらえたのはありがたかった。けれど、これだけでいいのだろうか、と、ためらう気持ちも、中村にはなお残った。
一九一〇年から三五年間に及んだ、日本による朝鮮の植民地統治。
その時代を現地で過ごした日本人が、「楽しく、良いものだった」と、心から喜ぶ証言を目にしたことがない。「朝鮮では成功しました、日本による植民地統治は素晴らしいものだったと思います」と、明朗に語られる回顧談も。朝鮮で財をなした人は、たしかにいた。また、個人的な心温まる思い出は、各人の胸のうちに残ってもいただろう。だが、そうした個々の回想は、現地の朝鮮人にかけた負担への後ろめたさ、異郷に暮らすことのむずかしさ、敗戦による引き揚げで味わう苦労の数々など、さまざまな記憶のなかに埋もれていく。

こうした歴史のさらに向こうには、いまからおよそ一五〇年前の朝鮮の開国がある。そこから、どういった経緯をたどって、「韓国併合」に至ったのか、という問いも。

高校生のとき、『日本史』の教科書で、これにあたるくだりを何度読み返しても、意味がわからなかった。けれども、ここに書かれるはずのことこそが、ほんとうは、自分の知っておくべきことなのではないか、と感じた。だが、読み解けない。朝鮮人の友人たち、なぜ彼らと、いまの自分が、ともにここにいるか。それを理解する上でも、必要なことではないかと思うのだが。

三〇代になった自分が、『モダン都市・ソウル＝京城の文学地図』という企画を思い立ったときにも、これに重なる初心があった。いや、中村は、そういうことを、この仕事に取り組むなかで、だんだんに思い出してきたのだった。

朝鮮「開国」（一八七六年）から「韓国併合」（一九一〇年）に至る歳月は、三四年間。

「韓国併合」から「解放」(一九四五年)までの日本による植民地統治は、三五年間。「解放」から「光州事件」(一九八〇年)にかけて、戦乱、分断、軍事的独裁などの下に、多くを過ごした期間が、さらに三五年間。

それから現在までのあいだにも、すでに四〇年余り、起伏だらけの時間が、こうやって過ぎてきた。

Ⅷ

あのときの四泊五日、ソウルへの旅から、三〇年が過ぎようとしている。

最近、中村は、高校生の息子が使っている『日本史』の教科書に、自分が高校生のときと同じ「朝鮮問題」という小見出しのくだりがあることに気づいた。いまはオフセット印刷になっていて、判型なども昔とは違っているのだが、四五年前に中村が使っていたのと同じ会社が刊行している教科書である。息子の浩平は、その教科書のページを食卓で開いたまま、タブレットの操作に夢中になっていた。あれ？　と気になり、手に取って、そこのくだりを読んでみた。

≪1876（明治9）年に日本が日朝修好条規によって朝鮮を開国させて以後、朝鮮国内では親日派勢力が台頭し、国王高宗《こうそう》（コジョン）1852〜1919の外戚閔《びん》（ミン）氏一族が日本への接近を進めた。しかし18

82（明治15）年、閔氏一族に対し、保守派の大院君《たいいんくん》（テウォングン）1820〜98を支持する軍隊が漢城で反乱をおこし、これに呼応して民衆が日本公使館を包囲した（壬午軍乱、または壬午事変）。反乱は失敗に終わったが、これ以後、閔氏一族の政権は日本から離れて清に依存しはじめた。

　これに対し、日本と結んで朝鮮の近代化をはかろうとした金玉均《きんぎょくきん》（キムオッキュン）1851〜94らの親日改革派（独立党）は、1884（明治17）年の清仏戦争を好機と判断し、日本公使館の援助を得て、クーデタをおこしたが、清軍の来援で失敗した（甲申事変）。この事件できわめて悪化した日清関係を打開するために、翌1885（明治18）年、政府は伊藤博文を天津に派遣し、清の全権李鴻《りこう》（リーホン）章《しょう》（チャン）1823〜1901とのあいだに天津条約を結んだ。これにより日清両国は朝鮮から撤兵し、今後同国に出兵する場合には、たがいに事前通告することになり、当面の両国の衝突は回避された。

　2度の事変を経て、日本の朝鮮に対する影響力が著しく減退する一方、清の影響力は強化された。同時に清・朝鮮に対する日本の世論は急速に悪化した。》

中村自身が高校生だったときの教科書より、こちらは格段にわかりやすい。何が書かれているのか、意味が読み取れる。つまり、あれから四五年かかって、やっとここまで、教科書の記述が進化（？）してきたということか。

いまは、郷里の京都に戻って、暮らしている。

転居に際して、まだ学校がある息子の浩平が、どう言うかと思ったが、

「いいよ。東京暮らしも飽きたし。とくに未練はない」

とのことだった。

当初は、息子の高校受験に合わせて引っ越してはどうかと考えた。だが、調べてみると、かえって学校関係の手続きなどで面倒が多く、彼にかかる負担も大きそうだった。だから、彼が中学三年の二学期のうちに、思い切って、一家三人で京都へ引っ越してくることにしたのだった。

連れ合いの菜緒は美容師で、日ごろから「この商売はどこの街でも、なんとかなる」と言っていた。だから、「京都なら、まあ賛成」。これまでの店は人に譲り、京都ではまた新しく物件を探して、同じくらいの小さな美容院を開く段取りに手をつけるつもりでいるようだった。

結局、彼女は、引っ越してきて半年ほどで、寺町丸太町近くの路地裏に、手ごろな民家を借り受けた。それから、さらに半年近くを費やして、一階部分を全面的に改修。アシスタントを一人だけ雇って、以前よりさらに小さな店を始めている。

吉田神社南参道近くの自宅も、借家である。毎朝、彼女はここから店まで、自転車で通っていく。雨の日は、傘をさしての徒歩で、店まで一五分ほど。雨足が強ければ市バスを使うこと

になるのだが、自転車か徒歩での通勤を好んでいる。

中村自身は、自宅二階、南向きに窓のある六畳間を仕事部屋にしている。手狭なので、なるべく手もとに本を増やさないことを心がけ、調べものには、主に岡崎にある府立図書館に通う。思えば、もう四〇年ほど、こんな稼業を続けてきた。

若かったころ、世間の景気も良かった。その時代は、街に出歩く仕事が多かった。フリーライターと呼ばれる職種全体が、雑誌を中心に回っていた。音楽であれ、映画であれ、文学であれ、美術であれ、とにかくライターたちは街を回って、話のタネを拾い集めて、雑誌に書いた。読者はそれを読み、外に出て消費生活を行ない、世間のカネもそうやって回っていた。

いまは、そうはいかない。この種の職業をめぐる世界は、ずっと地道で、静かで、小人数のものとなった。続けていくには、乏しい収入での暮らしにも強くなる必要がある。

今年、夏の終わりのことだったか。

浩平を誘って、日暮れどきに鴨川べりを散歩した。

荒神橋の東詰から、上流の加茂大橋のほうに向かって歩いた。浩平は、ジーンズにTシャツ、黒いサンダル履き。こうして並んで歩くと、華奢な体つきだが、もう自分より一〇センチ近くも背が高いことに、内心で中村は驚いた。北山の連なりに、残照が徐々に薄れて、薄暮の青味を帯びた山影に変わっていく。川水が堰堤から白いしぶきをなして、落ちつづける。

岸辺に浩平と並んで佇み、水面を翼で打ちながら飛び立っていくカモたちの影を追った。

「オヤジ」川に顔を向けたまま、浩平が訊く。「離婚って、したことある？」

「……あるよ」

不意を突かれ、ひと息置いてしまったが、わざと素っ気なく答えた。

「何回？」

「二度」

「やっぱり」

浩平は笑った。ジーンズの尻ポケットに両手を突っ込んだ姿勢で、しばらく彼は黙っていた。

「ただし、子どもは、おまえだけだ。念のため言うと」

「わかってる」

落ち着いた声で、彼は答えた。そして、日ごろの調子に戻って、付け加える。

「――おれが聞こうとしたのは、そこじゃなくて。離婚って、人生のなかで、どういう経験として残るものなのかな、とか、そういうこと。経験する人と、経験しない人が、いるわけじゃん。すると、その経験があるかないかで、ものの見え方とかに、何か違いが出てきたりもするんだろうか、とか」

「……それは難しいな」

「そう?」

「なんで、おまえは、そんなことが気になるんだ?」

「弦から電話があったんだ。あゆみさんが、また離婚の危機だって。夫婦のあいだが冷えきって、やばい。このごろ喧嘩ばっかりしてるって」

弦は、浩平の五つ年下のいとこである。いま一二歳、小学校六年生だろう。あゆみさんは、その母親で、中村の連れ合いの菜緒の妹である。

あゆみさんは、亡き両親から東京郊外の実家を引き継いで、そこに、小さなブックカフェを開いて、暮らしていた。中村と菜緒が暮らしていた街から私鉄の電車で一五分ほどの距離なので、浩平が生まれてからも、中村はベビーカーを押し、絵本などを選びがてら訪ねていくことがあった。

あゆみさんは手先が器用で、幼い浩平を相手に、粘土で食器や家具のミニチュアを次つぎに作って、水彩絵具で彩色し、ブックカフェのカウンターの上に並べていく。色鉛筆でクルマや電車を描いてくれることなどもあり、浩平は物心つくころから、やさしい叔母になついていた。

三〇代なかばで、あゆみさんは結婚する。連れ合いの遼一という青年は、たいていトレーナーにジーンズといった軽装で、ブックカフェのカウンターの隅に座って、ノートパソコンのキーボードを叩いていた。IT関連の仕事をしている、とのことだった。だが、弦が一歳になるころには、その姿を見かけなくなり、やがて、あゆみさんから、離婚したのだと聞かされた。彼女は、弦を保育園に預けて、ブックカフェの仕事をそのまま続けていた。

しばらくすると、あゆみさんは心身の調子を崩して、半年間ほどだったか、ブックカフェを休業して、中村たち一家の住まいに身を寄せていたことがある。狭い賃貸住宅に、母子二人の住人がさらに増えると、ひしめきあうような状態が生じて、互いのストレスも増し、それなりに大変だった。だが、なるべく冗談口を言い交わし、どうにか励まし合って、互いに持ちこたえながら暮らしていた。

あゆみさんは、夜が更けると焦燥感に駆られて眠れなくなるらしく、暗い台所のなかをむやみに動きまわっていたりする。おかげで、暗がりでばったり彼女と鉢合わせて、ぎょっとしたりもするのだった。一方、日中の彼女は、おおむね起き上がれずに、寝床で臥せっている。三歳になろうとしている弦は、こちらの地元の保育園に定員の空きがなく、終日、家にいるという状態が続く。だが、あゆみさんには、弦のことをかまってやれるほどの気力がない。母親が臥せっている薄暗い部屋の隅で、弦はタブレットに映し出されるアニメの映像などにかじりつき、日がな一日をやり過ごす。週に一度、あゆみさんはどうにかして起き上がり、隣の駅の近くにある精神科のクリニックに通っていた。

中村には、毎日、自室で原稿執筆などの仕事がある。菜緒は、朝から夕刻過ぎまで、自身が営む美容院へと出勤する。小学二年生だった浩平は、学校が終わると学童保育所に移り、夕刻、中村が迎えにいく。

浩平としては、暗い部屋でタブレットのアニメにかじりついてばかりいる、幼いいとこの過ごし方が気にかかる。だから、学童保育所から帰宅すると、ミニチュアの自動車などをどっさり並べたりして、懸命にかまってやる。弦としても、その時間が楽しい。

——これは……何?

舌足らずな言葉づかいで、弦はミニチュアのクルマを指さして、浩平に訊く。

消防車、と浩平は答える。

——これは?

と、食器棚を指さす。

それは、お皿。

——これは?

ヤカン。

——これは?

冷蔵庫。

弦にとっては、知りたいこと、これから覚えていかねばならないことは、この地球という星を埋め尽くしていくほど、数限りなくある。

だから、浩平は、その質問に答えつづける。けれども、ついに息切れがしてきて、あべこべに、ときとして彼のほうがべそをかいてしまう。小さな嵐のなかで五人が身を寄せて暮らしているかのように、半年間が過ぎていく。

やがて、あゆみさんが小康を得たところを見計らい、彼女ら母子はブックカフェの自宅に戻った。弦は、もとの保育園に復帰できた。ブックカフェも、再開。初めのうちは、日中のわずかな時間だけ店を開け、じょじょに通常通りの営業時間に戻していくことができた。浩平は、おりおりに自分一人で電車に乗って、弦の様子を見がてら、その家に遊びに行くようになっていた。

あゆみさんが再婚するのは、弦が小学三年生になった初夏のことであったろう。相手は、大手書店に一〇年余り勤務してきたという小谷宏という青年だった。そのころには、弦も宏にすっかりなじんで、浩平が訪ねていくと二人がキャッチボールをしている姿を見かけたりするようになっていた。宏は、大手書店を退職し、これからは二人がかりでブックカフェをさらに拡充させていくつもりだとのことだった。

中村たち一家が、京都に引っ越そうと思い立つのは、それからしばらくしてのことだった。

浩平は反対するかもしれないと思ったが、相談すると、意外にも、あっさり、「いいよ」と、彼は答えた。思えば、これには、あゆみさんの再婚がかかわっていたのではないか。もう、浩平が東京にいなくなっても、弦は自力で成長していけるだろう。浩平は、そう思うに至ったのではないかと、このとき、中村には感じられたのだった。

だが、いまになって、また、あゆみさんが離婚？

弦からの電話に戸惑い、浩平は、離婚について考えはじめる。そういう次第で、中村を相手に、こんな話題を持ち出すことになったらしい。

「オヤジはさ、離婚するとき、どんな気持ちだったの？」

浩平は、さらに聞いてくる。

「そうだなあ……」

「一度目と二度目じゃ、また違うの？」

「おれの場合は、違ったと思うな。痛むところが違う、というか」

そうなのか……と、彼は口のなかでつぶやく。

「悲しいことなの？」

「おれにはね」

「そうじゃない人もいるってこと？」

「せいせいした、っていう人もいるだろう。そういうことだって、ありうるんじゃないかな」

切れ長な目で、浩平は対岸のほうに目をやる。ジョギングするらしい対岸の人影の動きを目で追っていく。

「どんな人だった？」

「……何が？」

「離婚した相手の人。とくに二度目は」

「想像にまかせるよ」

「それじゃ、わからない」

「そうだな……。在日韓国人だった。三年間ほどしか続かなかったが」

「なんで悲しかったの？」

「相手に払わせた犠牲が、とても大きかった。たとえば、両親に対する情愛とか。

おれがもうちょっと成熟した人間だったら、ほかにやりようもあったんじゃないかって、あとになると思わずにいられなかった。

だけど、結婚なんていうものは、お互い、分別も見識も欠いていてこそ、踏み切れるようなものだろう。だから、反省なんて、結局、悔いとしてしか残らない。もし、おれがまともな分別を備えた人間だったら、もう、結婚なんてしなかったに違いない。つまり、後知恵は後知恵にすぎなくて、それが何かの役に立ってくれることはない。

さっきお前が言った、離婚を経験した人間と、していない人間の違いは何か、ということだけれどね、おれに言わせれば、そういうことじゃないのかな。悔いはある。だけど、これを抱いて生きていくしかない」

「それでも、オヤジの場合は、そのあと、さらに懲りずに三度目の結婚か」

そう言い放って、浩平は笑った。

「いいかげんだよな。まったく」

「うん。あきれる」

「でも、おかげで、お前も生まれてきた」

川べりは、ほとんど夕闇に包まれていた。

だが、中州の茂みの影が動き、そこから水ぎわのほうへ何か進み出るものがあるのがわかった。

「ほら、あそこ……」

浩平が、そのあたりの暗がりを指さした。

動物の影らしい。目を凝らす。対岸から射す灯が水面に当たり、水ぎわに、影を浮き立たせた。

「シカだ」

ひそめた声で、浩平が言う。

たしかに、そうだ。その影は、水流のなかへと進み入り、浅瀬をこちら岸へと渡ってくる。

そこから、水ぎわを上流のほうへたどりはじめて、だんだんと去っていく。

「こんな街なかまで、シカが降りてくるんだな。おれが子どものころ、こんなところでシカを見かけることなんてなかったよ」かすかな身ぶるいが、中村の体を走った。「どこから来るんだろう。八瀬か岩倉あたりの山から、川づたいにここまで降りてくるんだろうか」

尻の白い毛のあたりだけが、闇のなかに、ぼんやりと浮き出ている。シカが上流へと歩くにつれ、やがて、その白さも闇のなかに溶けていく。


中村は、息子に、韓国で出会った咸錫憲《ハムソッコン》という老人のことを話したいと思った。だが、何をどのように話せば、自分の思うところを伝えられるのだろうか。

「おれは、昔、韓国で咸錫憲という老人に会ったことがある」

と、とりあえず話しはじめる。

白い髪、長い白髭、韓服を着て、その人は書斎のオンドル房に坐っていた。

自由が何よりも大切、と考える人だった。自由があってこそ、自分の意志で、キリストの教えをわがものとして選びうる。それが信仰である、という考え方だろう。つまり、自由とは、自発性のことでもある。

制度としての教会に所属することが信仰、という立場と、これは相容れない。むしろ、対立している。牧師による洗礼を受けたことが信者の証し、という考え方とも。

いわば、異端である。そうみなされても、かまわない。そこに立って一人で祈ることが、この人を自由にした。

一八歳になる年、平壌で、三・一独立運動に加わった。二二歳で、東京に留学中、関東大震災に遭遇する。普段は穏やかな日本人たちが、このときは手に刀や棍棒を握り、血走った目で周囲から取り巻き、「こいつは本物だ」と、こちらを指さして怒鳴った。本物の朝鮮人、という意味らしかった。警察官が割って入り、朝鮮人ですし詰めになった留置場で一夜を明かし、命は助かった。これからのちも、生涯にわたって、しばしば獄に囚われた——。

日暮れた鴨川の対岸のベンチあたりから、タブラのようなパーカッションを一人で稽古している音が聞こえてくる。乾いた、いつ果てるともない、だるく軽快なリズムで、それは続いていく。

対岸の家族連れが、川に向かって花火を始めたらしく、子どもたちの歓声とともに、さまざまな色の火花がちらちらと散るのが見えていた。

この惑星は、いまも、こうして、ゆっくりと回りつづけている。

「そう言えばさ、うちの親戚にも、キリスト教の人たちがいたんでしょう？　徳子ばあちゃんの両親とか」

浩平が、中村の母の名を挙げて言う。

「うん。あとになって、おれも、そのことを思い出した。

徳子ばあちゃんの父親は、敬一っていう名前だった。おれの母方の祖父にあたる。ちょうど、日露戦争の時代に生まれた人なんだ。敬一のさらに父親が、長之助っていう名前だったらしい。おれは会ったことがない。というより、おれが生まれたときには、もう生きていなかったんだと思う。一族で最初にキリスト教徒になったのは、この長之助っていう人だそうだ」

「じゃあ、徳子ばあちゃんの、そのまたおじいさんだね？」

「そういうこと。

ただし、敬一のほうは、信仰はキリスト教らしいのに、教会には行かない人だった。その妻、つまり、おれのばあさんも、そう。おまけに、祈りもしない。ただ、自分たち自身のつもりとしては、キリスト教だったらしいんだ」

「どこでの話？」

「故郷は、富山なんだ。ただ、じいさんの敬一の場合、高等学校は金沢で、そこから大学進学で東京に来た。教会に行かないことにしたのは、東京でのことだったんだろう。

敬一の父親の長之助は、富山で仲買商をしていたらしい。商人だったんだ。近くの町に、浄土真宗のお坊さんから、信仰を変えて、プロテスタントの伝道師になった人がいた。それで、自分の伝道所を持ちたいのだけど、仏教寺院の強い土地柄だから、貸してもらえる家がなかなか見つからない。なんとか金を工面して、小さな家を買ってはどうか。それも考えたけれども、売ってくれそうな家もなかった。

そういうとき、たまたま長之助さんという仲買商と知りあった。この人は、自分の名義で家を買い取る話をしてあげましょう、と言って、工面できる金額との差額まで立て替えて、伝道所に使う家を手に入れてくれた。そして、これをきっかけに、長之助さん自身も、だんだんキリスト教の信仰に入っていく。それが、彼にとっての自由の行使でもあったんだろう。興味を覚えて、困っている伝道師のところへ、自分からわざわざ近づいていったんだからね。

その長之助の息子が、おれのじいさんの敬一なんだ。富山での子ども時代、近所の悪童たちから『ヤソの子』って呼ばれて、石を投げつけられたりした、という話はいくらか聞いたことがある。

敬一じいさんの代あたりから、この一族は、だいたいクリスチャンになったらしい。じいさんの姉は、キリスト教の伝道師になった。妹も、熱心な信者だったのを覚えている。じいさんとばあさんは、いとこ同士で結婚する。それからは、ばあさんのほうも、教会に行かないことについては、じいさんのやりかたに付き合うことにしたようだ」

「信仰が薄かった、というのとは違うの?」

「そこが微妙だよね。薄かったのかもしれない」

岸辺の暗がりで、浩平が笑い声をたてる。

「――おれは、じいさんとは、ほとんど、そういう話はしたことがなかった。信仰なんて、興味がなかったから。だけど、おふくろ、つまり、じいさんの長女の徳子から、二つだけ、聞いたことを覚えている。

じいさんは、若いころ、内村鑑三のところに、信仰上のことを何か質問したくて、訪ねていったことがあったらしい。内村鑑三は、日本で無教会主義という考えをとなえた張本人だから。教会という制度に頼ると、信仰は退廃してしまう、ということなんじゃないかな。じいさんは、それについて、何か確かめたいことがあったのかもしれない。じいさんは、一九〇五年生まれなんだ。内村鑑三は、一九三〇年に死んでいる。だから、じいさんが訪ねていくのは、たぶん旧制高校生か大学生のころ、もう内村が晩年になってからのことだろうと思う。でも、じいさんは内村に会って話はできたけれど、何か釈然としないまま帰ってきたらしい、ということだった」

「内村鑑三が言うことに納得がいかなかった、ということ？」

「そう、何かが引っかかって、すっきりしなかったんだろうね。おふくろも、それ以上のことは覚えていない。じいさんから、若いころの思い出話として聞いただけのようだから。

もう一つは、おふくろ自身にも関わっている。太平洋戦争の時代、おふくろが国民学校の生徒だったころ、学校で調査票のようなものを渡された。持ち帰って、おうちの方と相談して書き込んできなさい、と。そこに家庭の『宗教』を書く欄があって、おふくろは、うちは『キリスト教』でいいですか？　と、じいさんに訊いたらしい。するとじいさんは、『信仰はプロテスタント』と書きなさい、と答えたっていうんだ。じいさんとしては、『宗教』という欄に、ただ『キリスト教』と書いて済ませるのは、いやだったんだね。

ここには、自由がかかっている。そんな気がする。『宗教は？』という問いに対して、自発性をもって考えれば、『信仰は――』と答えるほうが自然だ。じいさんは、そう思ったんだろう。戦争中、信条について問うてくる調査票だからこそ、なおさら、自分の気持ちをあざむかず、はっきり答えておきたかったんじゃないのかな。

まあ、一種の向こうっ気だろうね。おれの信仰は、抗議者、プロテスタントだ、と。

考えてみれば、じいさんが内村鑑三のところに訪ねていったころというのは、咸錫憲氏が日本に留学して、内村のところに出入りしていた時期に重なる。咸錫憲は、一九二三年に日本に来て、二八年までいた。だから、考えてみれば、うちのじいさんと、咸錫憲氏は、そのころの東京のどこかで、似たようなことを思いながら、すれ違っていたかもしれないんだ。

咸錫憲氏の場合は、青年時代の留学先の東京で、内村鑑三と出会って、目を開かれるところがあった。それからは、もう教会には通わずに、朝鮮人のクリスチャンの留学生仲間たちと、聖書研究会というかたちで集まりを持つようになったらしい。

のちに、彼らは、朝鮮に戻って『聖書朝鮮』という研究誌を自分たちで出しはじめる。読者は多いときでも、二百に満たなかったっていう、小さな雑誌なんだ。これは、太平洋戦争が始まっても出しつづけ、最後には咸錫憲も捕らえられ、京城の……いまのソウルだ、そこの西大門刑務所に丸一年間入れられて、終わりになった」

生きるなかで、どこにいても、たびたび彼は捕らえられ、獄につながれた。最初は、東京で関東大震災のとき。朝鮮に戻って、日本の敗戦、つまり朝鮮の解放までに、さらに三度。解放の直後は、故郷の村に近い中朝国境の町、新義州にいた。ソ連軍が入ってきて、そこでも、また二度、獄につながれた。

長い自伝の終わり近くで、咸錫憲は、母にまつわる思い出を少し書いている。――いつも落ちついた物腰で、清楚でやさしく、口数は多くないが、自分の意思をしっかり備えている人だった。一度だけ、はっきり叱られた記憶がある。

七つか八つのとき、空腹だった。みのりきったら食べようと目をつけていた畑のキュウリの実が、なくなった。誰が取ったのか。尋ねまわると、すぐ下の妹が食べてしまったのだとわかった。少し知恵遅れの子だったが、腹が立って、いじめた。すると、見ていた母が、静かな声で言った。

「これ、それでもおまえは人間か」

恥ずかしかった。歳をとってしまった今でも、その声を思い出す。

一九四七年二月、新義州で、ソ連側当局による二度目の投獄から釈放されたときには、先輩の牧師のことをスパイせよとの条件までが付けられた。もう、これで限界だと考え、母親をはじめとする家族たちと別れ、自分は三八度線を越え、「南」に移ろうと決断した。

「一九四七年二月二六日、玄関にもたれながら、『お前の考え通り、早く行きなさい！』と言うオモニの声を後にして出発した。それが永遠に戻って来れない道であるとは露知らず」

この世界で生きることとは、絶えず、そのような別れの繰り返しなのではないかとも感じる。

思想とは、すっきりしないからこそ、心にとどまるもののことではないのかとも。

一九八一年一月、一九歳のとき。ほんの行きがかりから韓国に出向くことになった異国の若者を、わざわざ時間を割いて迎え入れ、共にいる時間を過ごしてくれた咸錫憲氏の思い出は、そうした感触を伴うものとして、中村のなかに残っている。

地球という星は回っていた。いまも、なお回っている。歴史のなかで、一人ひとりの人間は、つねに、過去から未来へわたる境界上に立って生きる。咸錫憲氏の母は、未来のなかへと踏み出していく我が子の背中を後ろから押す。それ以外の何ができるだろうか？

今年の夏の終わりの日暮れどき、息子の浩平とともに、鴨川べりでしばらく過ごした。このときの風景の移りゆきは、なおしばらく、中村のなかに残っているだろう。ほんとうは彼も、咸錫憲氏の母と同じ言葉で、このように伝えたいと思っていた。

「私のことは考えないで、あなたがたが行くべき道を、早く行きなさい」

＊初出
この星のソウル　「新潮」二〇二四年三月号

この星《ほし》のソウル

著者

黒川《くろかわ》 創《そう》

発行

2024年11月30日

発行者 佐藤隆信

発行所 株式会社新潮社

〒162-8711 東京都新宿区矢来町71

電話 編集部 03-3266-5411

読者係 03-3266-5111

https://www.shinchosha.co.jp

装幀

新潮社装幀室

印刷所

大日本印刷株式会社

製本所

大口製本印刷株式会社

乱丁・落丁本は、ご面倒ですが小社読者係宛お送り下さい。

送料小社負担にてお取替えいたします。

価格はカバーに表示してあります。

ISBN978-4-10-444413-7 C0093

彼女のことを知っている　黒川創

70年代の京都、80年代の東京、そして2020年代――。「私」の少年時代から作家となり父となった現在まで、「性」が人生にもたらすものをつぶさに描きだす長篇小説。

ウィーン近郊　黒川創

関空に向かう飛行機に兄は乗らず、四半世紀を暮らしたウィーンで自死を選んだ。報せを受けた妹が辿る兄の軌跡。不器用な生涯を鎮魂を込めて描きだす中篇小説。

暗い林を抜けて　黒川創

会いたいときは、あの林にきてくれ。そのあたりをほっつき歩いているから。50を前にして病を得た記者の30年の歳月。ままならない人生の仄かな輝きを描く長篇。

鶴見俊輔伝　黒川創

幼少期から半世紀に亘って鶴見の間近で過ごした著者が、この稀代の哲学者を育んだ家と時代、93年の歩みと思想を跡づける。没後3年、初めての本格的評伝。

京都　黒川創

「平安建都千二百年」が謳われる京都で地図から消された小さな町。かつて確かにそこにいた、履物屋の夫婦と少年の自分。人の生の根源に触れる四つの町をめぐる連作集。

暗殺者たち　黒川創

日本人作家がロシア人学生を前に語る20世紀初頭の「暗殺者」たちの姿。幻の漱石原稿を出発点に動乱の近代史を浮き彫りにする一〇〇%の事実から生まれた小説。